westermann

Autorinnen und Autoren: Barbara Bartsch, Hans Jecht, Sebastian Kalinke, Antje Lüersmann, Daniel Opara

Ausbildung zum/zur Steuerfachangestellten

3. Ausbildungsjahr
Lernsituationen

1. Auflage

Bestellnummer 28354

Die in diesem Produkt gemachten Angaben zu Unternehmen (Namen, Internet- und E-Mail-Adressen, Handelsregistereintragungen, Bankverbindungen, Steuer-, Telefon- und Faxnummern und alle weiteren Angaben) sind i. d. R. fiktiv, d. h., sie stehen in keinem Zusammenhang mit einem real existierenden Unternehmen in der dargestellten oder einer ähnlichen Form. Dies gilt auch für alle Kunden, Lieferanten und sonstigen Geschäftspartner der Unternehmen wie z. B. Kreditinstitute, Versicherungsunternehmen und andere Dienstleistungsunternehmen. Ausschließlich zum Zwecke der Authentizität werden die Namen real existierender Unternehmen und z. B. im Fall von Kreditinstituten auch deren IBANs und BICs verwendet.

Zusatzmaterialien zu „Ausbildung zum/zur Steuerfachangestellten. 3. Ausbildungsjahr – Lernsituationen"

Für Lehrerinnen und Lehrer

Lösungen zum Schulbuch: 978-3-427-28346-1
Lösungen zum Schulbuch Download: 978-3-427-28350-8
Lösungen zum Arbeitsheft: 978-3-427-28358-4
Lösungen zum Arbeitsheft Download: 978-3-427-28362-1

BiBox

BiBox Einzellizenz für Lehrer/-innen (Dauerlizenz)
BiBox Klassenlizenz Premium für Lehrer/-innen und bis zu 35 Schüler/-innen (1 Schuljahr)
BiBox Kollegiumslizenz für Lehrer/-innen (Dauerlizenz)
BiBox Kollegiumslizenz für Lehrer/-innen (1 Schuljahr)

Für Schülerinnen und Schüler

Schulbuch: 978-3-427-28342-3

BiBox

BiBox Einzellizenz für Schüler/-innen (1 Schuljahr)
BiBox Einzellizenz für Schüler/-innen (4 Schuljahre)
BiBox Klassensatz PrintPlus (1 Schuljahr)

Die Seiten dieses Arbeitshefts bestehen zu 100 % aus Altpapier.

Damit tragen wir dazu bei, dass Wald geschützt wird, Ressourcen geschont werden und der Einsatz von Chemikalien reduziert wird. Die Produktion eines Klassensatzes unserer Arbeitshefte aus reinem Altpapier spart durchschnittlich 12 Kilogramm Holz und 178 Liter Wasser, sie vermeidet 7 Kilogramm Abfall und reduziert den Ausstoß von Kohlendioxid im Vergleich zu einem Klassensatz aus Frischfaserpapier. Unser Recyclingpapier ist nach den Richtlinien des Blauen Engels zertifiziert.

Druck und Bindung: Westermann Druck GmbH, Georg-Westermann-Allee 66, 38104 Braunschweig

ISBN 978-3-427-**28354**-6

Vorwort

Liebe Auszubildende,

der Erwerb einer umfassenden Handlungskompetenz, die Sie dazu befähigt, berufliche Aufgabenstellungen selbstständig zu bearbeiten, ist das Ziel Ihrer Ausbildung zum/zur Steuerfachgestellten. Hierzu benötigen Sie nicht nur fundierte Fachkenntnisse, vernetztes und analytisches Denken, sondern auch Eigeninitiative und Empathie sowie kommunikative Fähigkeiten. Zudem müssen Sie die verschiedensten in den Geschäftsprozessen eingesetzten digitalen Techniken sach- und fachgerecht anwenden können.

Die **Lernsituationen „Ausbildung zum/zur Steuerfachangestellten, 3. Ausbildungsjahr“** sollen Sie beim Erwerb dieser umfänglichen Kompetenzen unterstützen.

Die praxisnahen **Lernsituationen** konfrontieren Sie mit typischen Aufgabenstellungen aus dem betrieblichen Steueralltag, die Sie weitgehend selbstständig alleine oder in Zusammenarbeit mit anderen Auszubildenden bearbeiten sollen.

Die Bearbeitung einer Lernsituation orientiert sich am Modell der vollständigen Handlung und umfasst fünf Phasen.

Phase	Aufgabenstellung/Fragen
Informieren	Analysieren Sie die vorliegende Handlungssituation, indem Sie sich über die Inhalte informieren und folgende Leitfragen beantworten: • Welche berufliche Problemstellung liegt vor? • Welche Aufgabe habe ich bzw. haben wir? • Welche Informationsquellen stehen mir zur Verfügung?
Planen und entscheiden	Planen Sie Ihre weitere Vorgehensweise und erstellen Sie hierzu einen Arbeitsplan. Hierbei können folgende Leitfragen hilfreich sein: • Welche Aufgabe habe ich bzw. haben wir? • Wie will ich vorgehen? • Arbeite ich alleine oder arbeitsteilig mit Partner/-in oder in Gruppen? • Welche Informationen benötige ich? • Welche der geplanten Vorgehensweisen wähle ich aus? • Welche Informationsquellen stehen mir zur Verfügung? • Welche Informationsquellen nutze ich?
Durchführen	Erstellen Sie die geforderten Handlungsergebnisse. Hierbei arbeiten Sie nach dem von Ihnen zuvor erstellten Plan. Sie nutzen die geplanten Informationsquellen und Hilfsmittel, arbeiten in den gewählten Arbeits-, Sozialformen und Methoden. Handlungsergebisse können in Ihrem Beruf z. B. sein: • Steuerberechnungen, • Steuererklärungen, • Buchungssätze, • Beratungsvorlagen, • E-Mails und Geschäftsbriefe, • Beratungsgespräche oder • Präsentationen.
Kontrollieren	Prüfen Sie Ihre Arbeitsergebnisse auf Richtigkeit, Ihre Vorgehensweise auf Schlüssigkeit und Effizienz sowie Ihr Kommunikationsverhalten.
Bewerten	Bewerten Sie den gesamten Arbeitsprozess und die Arbeitsergebnisse, um hierdurch Verbesserungsmöglichkeiten für die Bearbeitung zukünftiger Aufgaben zu erschließen Hierbei reflektieren Sie auch die Kommunikation und Kooperation innerhalb Ihrer Arbeitsgruppe sowie den Einsatz digitaler Techniken.

Die Gestaltung der Lernsituationen ermöglicht Ihnen eine strukturierte und planvolle Vorgehensweise, die Sie bei dem Aufbau Ihrer beruflichen Handlungskompetenzen unterstützt. Die im Rahmenlehrplan geforderten didaktischen Grundsätze werden durch die möglichst realitätsnahe Abbildung beruflicher Problemstellungen umgesetzt.

Der vorliegende Band 3 enthält Lernsituationen zu den Lernfeldern 9 bis 12 des Rahmenlehrplans für den Ausbildungsberuf Steuerfachangestellter und Steuerfachangestellte.

Hilfestellung bei der Bearbeitung gibt Ihnen das Lehrbuch „Ausbildung zum/zur Steuerfachangestellten, 3. Ausbildungsjahr" (Best.-Nr. 28342) mit umfassenden Sachinformationen zu den Lernfeldinhalten.

Internetlinks und QR-Codes

Als weitere Arbeitserleichterung stehen Ihnen bei den Arbeitsmaterialien Internetlinks und QR-Codes zu den benötigten Gesetzen und Vorschriften zur Verfügung. Die Eingabe der angegebenen Webadresse oder das Einscannen des QR-Codes mit einem Smartphone führt direkt zu den jeweils notwendigen Paragrafen.

Bearbeitungshinweise

- Bei den Jahresangaben bedeutet Jahr 01 immer das aktuelle Jahr, Jahr 02 das Folgejahr usw.
- Bei Eckdaten und Werten, die sich auf ein konkretes Steuerjahr beziehen, z. B. Freibeträge, Freigrenzen, Abschreibungswerte, Beitragsbemessungsgrenzen, ist das jeweils gültige Steuerjahr angegeben,
- Beantworten Sie die gestellten Aufgaben in Ihrem Schulheft. Die hier gezeigten Tabellen und Übersichten dienen lediglich als Mustervorlagen und sollen im vorliegenden Band 3 nicht ausgefüllt werden.

Lernordner für Auszubildende

An vielen Stellen der Lernsituationen werden Sie aufgefordert, Übersichten für den „Lernordner für Auszubildende" anzufertigen.
Dieser Lernordner kann Ihnen bei der Vorbereitung auf Klausuren und Prüfungen nützlich sein, da hier die wichtigsten Punkte in komprimierter Form dargestellt werden. Sie können diese Übersichten handschriftlich oder am PC erstellen. Idealerweise sollte jedes Thema auf eine Seite passen.

Wir wünschen Ihnen viel Spaß und viel Erfolg bei der Nutzung der Lernsituationen.

Frühjahr 2025

Die Autoren

Inhaltsverzeichnis

Lernfeld 11: Verwaltungsakte prüfen, Rechtsbehelfe und Anträge vorbereiten

Lernfeld 12: Beratung von Mandantinnen und Mandanten im Team mitgestalten

Angaben zur Musterkanzlei Rekens, Hamburg	
Anschrift	Steuerkanzlei Rekens, Alsterallee 23, 22397 Hamburg
Telefon	040 10 20 30 40
Fax	040 10 20 30 49
E-Mail	info@rekens-steuerkanzlei.de
Homepage	www.rekens-steuerkanzlei.de
Bankverbindung	Hamburger Sparkasse IBAN: DE12 2005 0550 0123 4005 00 BIC: HASPDEHHXXX
Umsatzsteuer-ID	DE123006789
zuständige Aufsichtsbehörde	Steuerberaterkammer Hamburg, Kurze Mühren 3, 20095 Hamburg
Geschäftsführerin/Inhaberin	Claudia Rekens, 47 Jahre, Steuerberaterin seit 20 Jahren
Steuerfachwirt	Knut Hansen, 41 Jahre, angestellter Büroleiter seit 14 Jahren, auch zuständig für die Ausbildung
Steuerfachangestellte	Maja Hoffmann, 35 Jahre, Angestellte seit zehn Jahren, Arbeitsschwerpunkt Lohn und Gehalt
Steuerfachangestellter	Amir Özkan, 32 Jahre, Angestellter seit fünf Jahren, Datenschutzbeauftragter und zuständig für die gesamte EDV-Anlage (Hardware, Software und Datenfernübertragung)
Auszubildender im 1. AJ	Sven Dinges, 21 Jahre
Auszubildende im 3. AJ	Julia Schuster, 24 Jahre

Lernfeld 9:

Körperschaftsteuer und Gewerbesteuer ermitteln

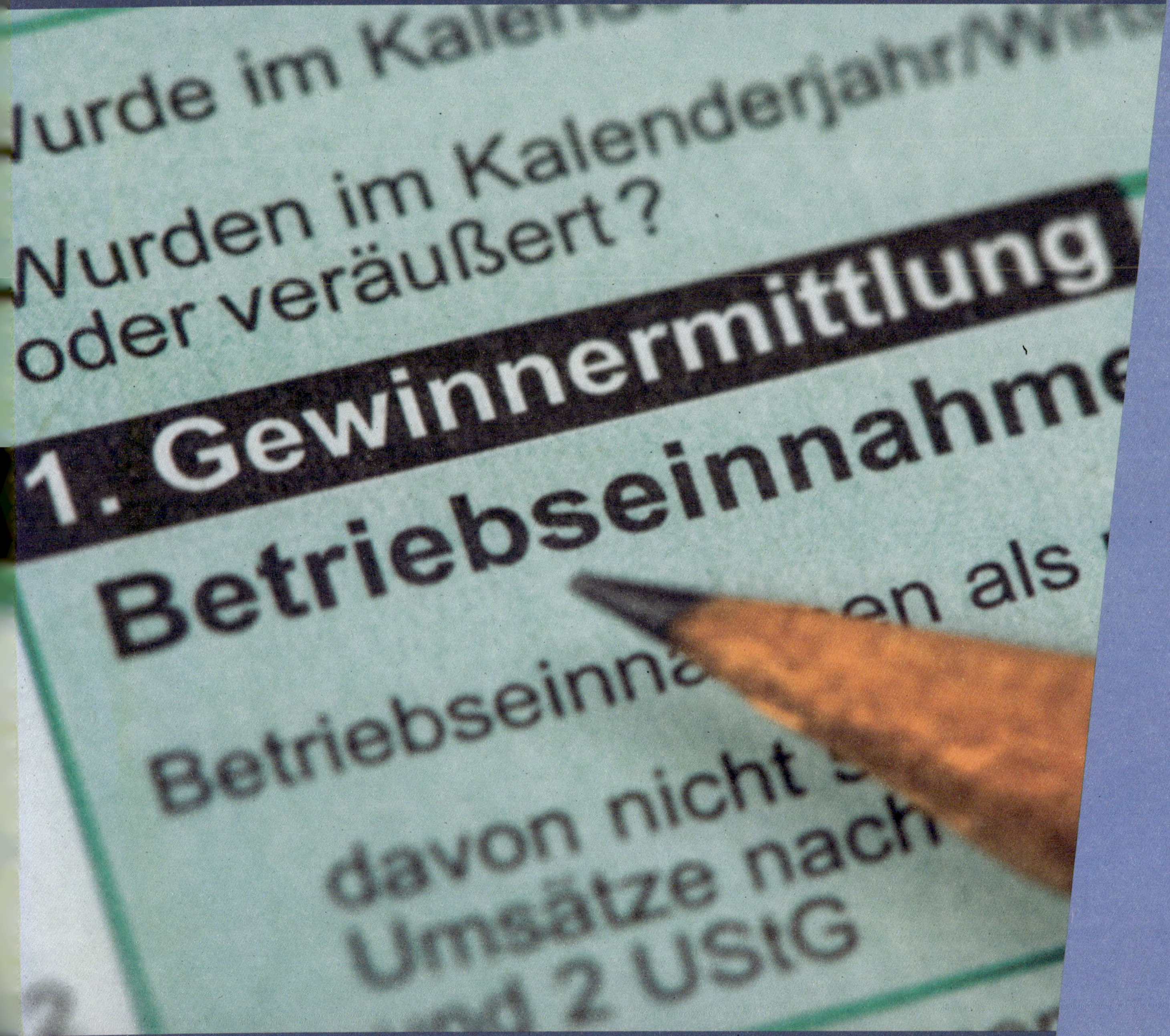

Zielbeschreibung:

Die Schülerinnen und Schüler verfügen über die Kompetenz, die zu zahlende Körperschaftsteuer und Gewerbesteuer zu ermitteln und die entsprechenden Steuererklärungen zu erstellen.

9

Lernlandkarte zu Lernfeld 9: Körperschaftsteuer und Gewerbesteuer ermitteln

Wie funktioniert eine GmbH?

Lernsituation 1: Gründung einer GmbH

Lernsituation 2: Organe, Haftung, Geschäftsführung und Vertretung einer GmbH

Wer zahlt aus welcher Bemessungsgrundlage Körperschaftsteuer?

Lernsituation 3: Körperschaftsteuerpflicht und Schema zur Ermittlung der Körperschaftsteuerbemessungsgrundlage

Lernsituation 4: Ergänzung von Geschäftsvorfällen für das aktuelle Geschäftsjahr

Welche Unterschiede gibt es zwischen der handelsrechtlichen und der steuerrechtlichen Bewertung?

Lernsituation 5: Verhältnis von Handelsbilanz und Steuerbilanz

Wie wirken sich Geschenke, Bewirtungsaufwendungen, sonstige Betriebsausgaben und Spenden auf die Körperschaftsteuer aus?

Lernsituation 6: Nicht abziehbare Geschenke und Bewirtungsaufwendungen

Lernsituation 7: Sonstige nicht abzugsfähige Betriebsausgaben und nicht abziehbare Aufwendungen

Lernsituation 8: Abziehbare Zuwendungen

Was ist unter einer verdeckten Gewinnausschüttung zu verstehen?

Lernsituation 9: Verdeckte Gewinnausschüttung

Wie errechnen sich die Rückstellungen für Körperschaftsteuer und Solidaritätszuschlag?

Lernsituation 10: Körperschaftsteuer und Solidaritätszuschlag

Wer ist gewerbesteuerpflichtig und wie wird die Gewerbesteuerbemessungsgrundlage ermittelt?

Lernsituation 11: Gewerbesteuerpflicht und Schema zur Ermittlung der Gewerbesteuerbemessungsgrundlage

Wie wirken sich Finanzierungsentgelte, Anteile an Personengesellschaften, betrieblicher Grundbesitz und Spenden auf die Gewerbesteuer aus?

Lernsituation 12: Gewinn aus Gewerbebetrieb und Hinzurechnung von Finanzierungsentgelten

Lernsituation 13: Hinzurechnung und Kürzung von Anteilen an Personengesellschaften

Lernsituation 14: Betrieblicher Grundbesitz

Lernsituation 15: Zuwendungen für steuerbegünstigte Zwecke

Wie wird der Gewerbesteuermessbetrag berechnet?

Lernsituation 16: Gewerbesteuermessbetrag

Was passiert mit der Gewerbesteuer, wenn ein Unternehmen über mehrere Standorte verfügt?

Lernsituation 17: Zerlegung des Gewerbesteuermessbetrages

Lernsituation 1: Gründung einer GmbH

Situationsbeschreibung

Steuerberaterin Claudia Rekens informiert ihre Mitarbeiterinnen und Mitarbeiter über das Unternehmensvorhaben von Clair Pearson aus Rostock und Theodor Banks aus Lübeck. Beide möchten unter einer gemeinsamen Führung ein Unternehmen für die Verarbeitung und Lieferung von Natursteinobjekten mit Sitz in Lübeck und einem weiteren Standort in Rostock gründen.

Aufgrund bestehender finanzieller Risiken in der Anfangsphase der Organisation von Natursteinsorten bevorzugen sie eine Gesellschaft mit beschränkter Haftung (GmbH). Als Haftungsmasse sollen insgesamt 75.000,00 € zur Verfügung gestellt werden. Hierfür möchte Frau Pearson eine Stammeinlage von 45.000,00 € und Herr Banks eine Stammeinlage von 30.000,00 € in bar übernehmen. Für die Gründung der GmbH bitten beide um die juristische Unterstützung in Form einer „Schritt-für-Schritt-Anleitung“ mit der Klärung der folgenden Absichten und den sich hieraus ergebenden Fragen.

1. **Die Gründung der GmbH soll durch zwei Personen erfolgen.**
   - Ist die Gründung einer GmbH durch zwei Personen möglich?
   - Ist die Gründung einer GmbH für den beabsichtigten Zweck zulässig?
2. **Für die Gründung der GmbH soll zwecks Rechtssicherheit ein Vertrag abgeschlossen werden.**
   - Bedarf der Vertrag zur Errichtung der GmbH einer bestimmten Form?
   - Welche Inhalte müssen in dem Vertrag enthalten sein?
3. **Beide wollen sich um das operative Tagesgeschäft kümmern.**
   - Können die Geschäfte von zwei Personen geführt werden?
   - Bestehen besondere Anforderungen an die Geschäftsführer/-innen?
4. **Zu Beginn möchte lediglich Herr Banks seine Bareinlage vollständig leisten.**
   - Könnte Frau Pearson eine Einzahlung von zunächst nur 12.000,00 € vornehmen?
   - Welcher Betrag muss zum Beginn insgesamt von beiden eingezahlt werden?
5. **Erste berufliche Handlungen sollen gegebenenfalls bald unternommen werden.**
   - Mit welcher abschließenden Handlung entsteht die GmbH als solche?

Frau Rekens bittet die Auszubildende Julia Schuster um die Erstellung der „Schritt-für-Schritt-Anleitung“ zur Gründung der GmbH unter Einordnung der folgenden fünf Schritte in der **richtigen Reihenfolge**:

Abschluss des Gesellschaftsvertrages durch notarielle Beurkundung
Beschluss zur Gründung der GmbH fassen
Bestellung der Geschäftsführerin und/oder des Geschäftsführers
Anmeldung zur Eintragung in das Handelsregister
Erbringung von Einlagen

Anschließend soll Julia Schuster die Fragen von Frau Pearson und Herrn Banks ergänzend zum passenden Schritt beantworten. Frau Pearson und Herr Banks gehen davon aus, dass der Gründungsprozess ein wenig Zeit in Anspruch nehmen wird. Daher möchten beide zusätzlich erfahren, welche Gründungsphasen eine GmbH durchläuft.

Informationen zum Lösen der Aufgaben zu der Situationsbeschreibung finden Sie im Lehrbuch „Ausbildung zum/zur Steuerfachangestellten, 3. Ausbildungsjahr", in Lernfeld 9 Kapitel 2.1 und 3.5.2.

Anlage 1: Strukturierungshilfe „Schritt-für-Schritt-Anleitung zur Gründung einer GmbH"

Schritt	Rechtsnormen	Antworten auf die Fragen von Frau Pearson und Herrn Banks
1	§ 1 GmbHG	
2	§ 2 (1) GmbHG § 3 (1) GmbHG	
3	§ 6 (1) und (2) GmbHG	
4	§ 7 (2) GmbHG i. V. m. § 5 (1) GmbHG	
5	§ 11 (1) GmbHG	

Anlage 2: Strukturierungshilfe „Drei Phasen der Gründung einer GmbH"

	Phase 1	Phase 2	Phase 3
Bezeichnung der Gesellschaftsform			
Entstehung der Gesellschaftsform durch ...			
Unterliegt der Körperschaftsteuer? (ja/nein)			

Anlage 3: §§ 1–7, 11 GmbHG

Gesetz	Weblink	QR-Code
GmbHG	https://www.gesetze-im-internet.de/gmbhg/GmbHG	

Informieren

- **Machen Sie sich mit der Aufgabenstellung vertraut.**
- **Analysieren Sie, welche Informationen Sie benötigen, um die Ihnen übertragene Aufgabe zu erledigen.**

Planen Sie Ihre Vorgehensweise bei der Beschaffung der notwendigen Informationen und entscheiden sich begründet für eine oder mehrere Informationsquelle(n).

Planen und entscheiden

---

1. **Erstellen Sie eine Schritt-für-Schritt-Anleitung zur Gründung einer GmbH unter Beachtung der Fragen von Frau Pearson und von Herrn Banks.**
2. **Stellen Sie die drei Gründungsphasen der GmbH im Rahmen einer anschaulichen Übersicht für Frau Pearson und Herrn Banks dar.**

Durchführen

Vergleichen Sie Ihre Aufzeichnungen mit denen Ihrer Mitschülerinnen und Mitschüler dahingehend, ob Ihre Schritt-für-Schritt-Anleitung alle relevanten Punkte enthält und ob die drei Gründungsphasen der GmbH zutreffend dargestellt werden.

Kontrolle

Überlegen Sie danach, an welchen Stellen Ihre Schritt-für-Schritt-Anleitung und Ihre Darstellung zu den drei Gründungsphasen der GmbH noch verbessert werden könnten.

Bewerten

Lernsituation 2: Organe, Haftung, Geschäftsführung und Vertretung einer GmbH

Situationsbeschreibung

Die Steuerberaterin Claudia Rekens spricht mit der Auszubildenden Julia Schuster über eine Anfrage von den beiden Geschäftsführern Clair Pearson und Theodor Banks zu der inzwischen neu gegründeten Nord-Naturwerkstein GmbH. Herr Banks hat für die GmbH einen Vertrag über den Kauf einer gebrauchten Kantenschleifmaschine abgeschlossen. Da er von den Kaufbedingungen vollkommen überzeugt war, sprach er sich nicht mit Frau Pearson über den Kauf ab. Frau Pearson ist von der Maschine nicht begeistert und bittet nun um eine rechtliche Beurteilung zur Wirksamkeit des Kaufvertrages, da sie dem Vertrag nicht zugestimmt hatte. Zudem berichtet Herr Banks, dass er im Rahmen eines anderen Vertrages über den Kauf einer Brückensäge von dem Verkäufer persönlich zur Zahlung aufgefordert wird, obwohl Frau Pearson den Kaufvertrag über die Brückensäge mit unterschrieben hatte. Herr Banks möchte daher erfahren, ob er als Gesellschafter und Geschäftsführer der GmbH in Anspruch genommen werden kann.

Von Frau Rekens erhält Julia Schuster nun den Auftrag, eine Recherche zu diesen beiden Fragen durchzuführen und die Rechercheergebnisse schriftlich festzuhalten, damit diese als Grundlage für eine Stellungnahme eines befreundeten Steuerfachanwalts genutzt werden können. Julia Schuster soll für die Frage von Frau Pearson nicht nur das Gesetz hinzuziehen, sondern auch den Gesellschaftsvertrag und den Handelsregisterauszug der GmbH berücksichtigen.

Um zukünftige Rechtsunsicherheit bei Zuständigkeiten innerhalb der GmbH zu vermeiden, bitten beide Geschäftsführer der Nord-Naturwerkstein GmbH zudem um die Erstellung einer anschaulichen Übersicht über die Organe der GmbH sowie deren Aufgaben und Pflichten.

Informationen zum Lösen der Aufgaben zu der Situationsbeschreibung finden Sie im Lehrbuch „Ausbildung zum/zur Steuerfachangestellten, 3. Ausbildungsjahr“, in Lernfeld 9 Kapitel 2.1.

Anlage 1: Gesellschaftsvertrag der Nord-Naturwerkstein GmbH (Auszug)

Gesellschaftsvertrag der Nord-Naturwerkstein GmbH

[...]

§ 5 Geschäftsführung und Vertretung

Die Gesellschaft hat einen oder mehrere Geschäftsführer. Es gilt die gesetzliche Regelung der Geschäftsführung und Vertretung.

[...]

Anlage 2: Spalte 3 aus dem aktuellen Handelsregisterauszug zur Nord-Naturwerkstein GmbH der Abteilung B des zuständigen Amtsgerichts (Auszug)

a) Allgemeine Vertretungsregelung **b) Vorstand, Leitungsorgan, geschäftsführende Direktoren, persönlich haftende Gesellschafter, Geschäftsführer, Vertretungsberechtigte und besondere Vertretungsbefugnis**
a) Ist nur ein Geschäftsführer bestellt, vertritt er allein. Sind mehrere Geschäftsführer bestellt, vertreten sie gemeinsam. b) Geschäftsführer: Pearson, Clair, Rostock, *29.08.1992, vertretungsberechtigt gemäß allgemeiner Vertretungsregelung Geschäftsführer: Banks, Theodor, Lübeck, *28.09.1992, vertretungsberechtigt gemäß allgemeiner Vertretungsregelung

Anlage 3: Strukturierungshilfe „Rechercheergebnisse zu den Fragen der Geschäftsführer"

Frage	Rechtsnormen und dazugehörige Rechercheergebnisse	
von Frau Pearson	§ 35 (2) GmbHG	Bei mehreren Geschäftsführerinnen bzw. Geschäftsführern gilt ...
	§ 15 (2) HGB	
von Herrn Banks	§ 13 (2) GmbHG	Für die Verbindlichkeiten der Gesellschaft haftet ...

Anlage 4: Strukturierungshilfe „Drei Organe der GmbH sowie deren Aufgaben und Pflichten"

Organe	Rechtsnormen sowie dazugehörige Aufgaben und Pflichten	
	§ 35 (1) GmbHG	
	§ 41 (1) GmbHG	
	§ 264 (1) HGB	
	§ 49 (1) GmbHG	

Organe	Rechtsnormen sowie dazugehörige Aufgaben und Pflichten	
	§ 46 Nr. 1, 5, 6 und 7 GmbHG	
	§ 52 (1) GmbHG i.V.m. § 111 (1) AktG	

Anlage 5: Diverse Rechtsvorschriften

Gesetz	Weblink	QR-Code
GmbHG	https://www.gesetze-im-internet.de/gmbhg/	
§ 264 (1) S. 1 HGB	https://www.gesetze-im-internet.de/hgb/__264.html	
§ 111 (1) AktG	https://www.gesetze-im-internet.de/aktg/__111.html	

Informieren

- **Machen Sie sich mit der Aufgabenstellung vertraut.**
- **Analysieren Sie, welche Informationen Sie benötigen, um die Ihnen übertragene Aufgabe zu erledigen.**

Planen und entscheiden

Planen Sie Ihre Vorgehensweise bei der Beschaffung der notwendigen Informationen und entscheiden sich begründet für eine oder mehrere Informationsquelle(n).

Durchführen

1. **Begründen Sie, ob der Vertrag über den Kauf der Kantenschleifmaschine für die Nord-Naturwerkstein GmbH gültig ist.**
2. **Begründen Sie, ob Herr Banks für den gemeinsam mit Frau Pearson abgeschlossenen Vertrag über den Kauf der Brückensäge persönlich in Anspruch genommen werden kann.**
3. **Erstellen Sie eine Übersicht über die Organe der GmbH sowie über deren Aufgaben und Pflichten.**

Kontrolle

Vergleichen Sie Ihre Begründungen und Ihre Übersicht mit denen Ihrer Mitschülerinnen und Mitschüler dahingehend, ob sie vollständig, richtig und falls nötig in einer fachgerechten Sprache verfasst sind.

Bewerten

Überlegen Sie danach, an welchen Stellen Ihre Begründungen und Ihre Übersicht noch überarbeitet werden müssen, und korrigieren Sie diese, falls notwendig.

Lernsituation 3: Körperschaftsteuerpflicht und Schema zur Ermittlung der Körperschaftsteuerbemessungsgrundlage

Situationsbeschreibung

Julia Schuster nimmt als Zuhörerin an einem Telefonat zwischen der Steuerberaterin Claudia Rekens und der Geschäftsführerin der Nord-Naturwerkstein GmbH, Clair Pearson, teil. Hierbei wird unter anderem Folgendes besprochen:

Frau Pearson: *„Die Nord-Naturwerkstein GmbH erwirtschaftet mittlerweile erste Gewinne. Ich gehe davon aus, dass die Gewinnerzielung die Körperschaftsteuerpflicht auslöst."*

Frau Rekens: *„Die Körperschaftsteuerpflicht wird tatsächlich durch andere Tatbestandsmerkmale ausgelöst. Wenn Sie möchten, können wir gerne eine Prüfung der Körperschaftsteuerpflicht der Nord-Naturwerkstein GmbH durchführen und Ihnen das Ergebnis zuschicken."*

Frau Pearson: *„Gerne. Ich frage mich, wie die Körperschaftsteuer überhaupt ermittelt wird. Vielleicht könnten Sie ein vereinfachtes Schema zur Ermittlung der Körperschaftsteuer zur Verfügung stellen."*

Frau Rekens: *„Das kann ich gerne machen."*

Nach dem Telefonat beauftragt Frau Rekens ihre Auszubildende Julia Schuster mit der Bearbeitung der Anfragen der Mandantin. Hierfür erhält Sie von Frau Rekens der Vollständigkeit halber die Information, dass die Geschäfte der Gesellschaft von Clair Pearson in Rostock und von Theodor Banks in Lübeck geführt werden.

Informationen zum Lösen der Aufgaben zu der Situationsbeschreibung finden Sie im Lehrbuch „Ausbildung zum/zur Steuerfachangestellten, 3. Ausbildungsjahr", in Lernfeld 9 Kapitel 3.5 und 3.7.3.1.

Anlage 1: Gesellschaftsvertrag der Nord-Naturwerkstein GmbH (Auszug)

Gesellschaftsvertrag der Nord-Naturwerkstein GmbH

§ 1 Firma und Sitz

Die Gesellschaft ist eine Gesellschaft mit beschränkter Haftung unter der Firma Nord-Naturwerkstein GmbH. Der Sitz der Gesellschaft ist Lübeck.

[...]

Anlage 2: Strukturierungshilfe „Prüfung der Körperschaftsteuerpflicht“

Rechtsnormen	Tatbestandsmerkmale	Prüfung des Tatbestandsmerkmals am Sachverhalt	Erfüllt? (ja/nein)
§ 1 (1) KStG i. V. m. §§ 10 und 11 AO	Kapital-__________		
	__________ __________ oder __________ im Inland		
Rechtsfolge			

Anlage 3: Strukturierungshilfe „Ermittlung der Körperschaftsteuerbemessungsgrundlage“

Nr.	Schema zur Ermittlung des zu versteuernden Einkommens
1.	
2.	
3.	
4.	= Steuerbilanzgewinn bzw. Steuerbilanzverlust
5.	
6.	
7.	
8.	
9.	
10.	= Summe der Einkünfte
11.	
12.	= Gesamtbetrag der Einkünfte
13.	
14.	= Einkommen
15.	
16.	= zu versteuerndes Einkommen

Anlage 4: Diverse Rechtsvorschriften

Gesetz	Weblink	QR-Code
§ 1 KStG	https://www.gesetze-im-internet.de/kstg_1977/__1.html	

Gesetz	Weblink	QR-Code
§ 10 AO	https://www.gesetze-im-internet.de/ao_1977/__10.html	
§ 11 AO	https://www.gesetze-im-internet.de/ao_1977/__11.html	

Informieren

- **Machen Sie sich mit der Aufgabenstellung vertraut.**
- **Analysieren Sie, welche Informationen Sie benötigen, um die Ihnen übertragene Aufgabe zu erledigen.**

Planen und entscheiden

Planen Sie Ihre Vorgehensweise bei der Beschaffung der notwendigen Informationen und entscheiden sich begründet für eine oder mehrere Informationsquelle(n).

Durchführen

1. **Prüfen Sie, ob die Nord-Naturwerkstein GmbH der Körperschaftsteuerpflicht unterliegt.**
2. **Erstellen Sie für die Geschäftsführung der Nord-Naturwerkstein GmbH ein vereinfachtes Schema zur Ermittlung der körperschaftsteuerlichen Bemessungsgrundlage.**

Kontrolle

Vergleichen Sie Ihre Prüfung der Körperschaftsteuerpflicht und Ihr Schema mit den Aufzeichnungen Ihrer Mitschülerinnen und Mitschüler dahingehend, ob sie vollständig, richtig und falls nötig in einer fachgerechten Sprache verfasst sind.

Bewerten

Überlegen Sie danach, an welchen Stellen Ihre Prüfung und Ihr Schema noch überarbeitet werden müssen, und korrigieren diese sie falls notwendig.

Lernsituation 4: Ergänzung von Geschäftsvorfällen für das aktuelle Geschäftsjahr

Situationsbeschreibung

Die Geschäftsführer der Nord-Naturwerkstein GmbH, Clair Pearson und Theodor Banks, haben die Steuerkanzlei Rekens beauftragt, mit den Arbeiten zur Ermittlung der Körperschaftsteuer der Nord-Naturwerkstein GmbH für das Jahr 01 zu beginnen. Die Steuerberaterin Claudia Rekens leitet die folgende E-Mail von der Geschäftsführung der Nord-Naturwerkstein GmbH an die Auszubildende Julia Schuster zur Bearbeitung weiter:

Sehr geehrte Frau Rekens,

wie gewünscht, sende ich Ihnen in der Anlage den vorläufigen handelsrechtlichen Jahresüberschuss in 01.

Nachfolgend möchte ich noch einige Erläuterungen zu bestimmten Posten unserer Gewinn- und Verlustrechnung machen, die bei der Ermittlung der Bemessungsgrundlage der Körperschaftsteuer eine Rolle spielen könnten:

1. In unserer Produktionshalle ist Anfang Dezember 01 ein Schaden an einer Maschine durch einen Unfall eines Mitarbeiters entstanden. Die schriftliche Zusage der Versicherungsgesellschaft über die Versicherungsentschädigung für den Ausfall der Maschine erhalten Sie anbei. Da die Auszahlung der Versicherungsentschädigung erst im Januar des Folgejahres erfolgte, haben wir keine Buchung in 01 vorgenommen.
2. Um den Versicherungsschutz für unsere Kraftfahrzeuge für 02 nicht zu gefährden, wurde die Versicherungsprämie zur Sicherheit bereits im Dezember 01 von uns an den Versicherer überwiesen. Näheres entnehmen Sie bitte dem beigefügten Sachkonto.
3. Aufgrund der erst kürzlich eröffneten Betriebsstätte in Rostock wurden nachträglich im Dezember 01 zu leistende Vorauszahlungen für Gewerbesteuer in Höhe von 8.440,00 € festgesetzt. Eine Buchung erfolgte bislang nicht, da die Vorauszahlungen erst im Januar 02 fällig waren.

Ich bitte um kurze Begründungen, inwiefern diese Sachverhalte für 01 relevant sind.

Mit freundlichen Grüßen

Clair Pearson

Informationen zum Lösen der Aufgaben zu der Situationsbeschreibung finden Sie im Lehrbuch „Ausbildung zum/zur Steuerfachangestellten, 3. Ausbildungsjahr“, in Lernfeld 9 Kapitel 3.7.3.2.

Anlage 1: E-Mail-Anhang zum vorläufigen Jahresüberschuss in 01 (Auszug)

Jahresüberschuss der Nord-Naturwerkstein GmbH in 01

1. Umsatzerlöse	947.000,00 €
2. sonstige betriebliche Erträge	13.750,00 €
[...]	
14. Jahresüberschuss	108.531,00 €

Anlage 2: E-Mail-Anhang zur Versicherungszusage (Auszug)

22.12.01

Sehr geehrte Frau Pearson,

nach eingehender Prüfung des Unfallschadens erhalten Sie eine Entschädigung in Höhe von 60.000,00 €.

Die Überweisung des Betrages auf Ihr Konto haben wir veranlasst. Bitte beachten Sie, dass mehrere Tage zwischen Auftragserteilung und Gutschrift auf dem Empfängerkonto vergehen können.

[...]

Anlage 3: Konto 4520/6520 Kfz-Versicherungen

Konto 4520/6520 Kfz-Versicherungen						
Buchung	**Beleg**	**Beschreibung**	**MwSt**	**Soll**	**Haben**	**Saldo**
02.01.01	432423	Kfz-Versicherung Jan–Dez 01	0,00 €	550,00 €		550,00 €
27.12.01	532423	Kfz-Versicherung Jan–Dez 02	0,00 €	600,00 €		600,00 €
						1.150,00 €

Anlage 4: Strukturierungshilfe „Begründung der Ergänzung von Geschäftsvorfällen"

Geschäftsvorfall	Begründung
zur Versicherungsentschädigung	
zur Kfz-Versicherung	
zu den Vorauszahlungen	
Berechnung des endgültigen Jahresüberschusses in 01 nach Handelsrecht	

Anlage 5: § 252 (1) Nr. 5 HGB

Gesetz	Weblink	QR-Code
§ 252 (1) Nr. 5 HGB	https://www.gesetze-im-internet.de/hgb/__252.html	

Informieren

- **Machen Sie sich mit der Aufgabenstellung vertraut.**
- **Analysieren Sie, welche Informationen Sie benötigen, um die Ihnen übertragene Aufgabe zu erledigen.**

Planen und entscheiden

Planen Sie Ihre Vorgehensweise bei der Beschaffung der notwendigen Informationen und entscheiden sich begründet für eine oder mehrere Informationsquelle(n).

Durchführen

1. **Begründen Sie, ob die von Frau Pearson erläuterten Geschäftsvorfälle dem Geschäftsjahr 01 oder 02 zuzuordnen sind.**
2. **Berechnen Sie den endgültigen Jahresüberschuss in 01 nach Handelsrecht.**

Vergleichen Sie Ihre Begründungen und Berechnungen mit den Aufzeichnungen Ihrer Mitschülerinnen und Mitschüler dahingehend, ob sie vollständig, richtig und falls nötig in einer fachgerechter Sprache verfasst sind.

Kontrolle

Überlegen Sie danach, an welchen Stellen Ihre Begründungen und Berechnung noch überarbeitet werden müssen, und korrigieren Sie diese falls notwendig.

Bewerten

Lernsituation 5: Verhältnis von Handelsbilanz und Steuerbilanz

Situationsbeschreibung

Die Steuerberaterin Claudia Rekens kann aufgrund einer Erkältung heute nicht persönlich in der Steuerkanzlei zur Verfügung stehen. Aus diesem Grund mailt sie Julia Schuster für Ihren Arbeitstag neue Informationen zur Nord-Naturwerkstein GmbH aus dem Homeoffice.

Hallo Frau Schuster,

nach der Durchsicht der vorläufigen Gewinn- und Verlustrechnung 01 der Nord-Naturwerkstein GmbH habe ich bei der Geschäftsführung weitere Informationen und Unterlagen für den nächsten Schritt zur Ermittlung der Bemessungsgrundlage der Körperschaftsteuer angefragt, um handelsrechtliche Ansatz- und Bewertungsvorschriften an das Steuerrecht anzupassen. Die folgenden Sachverhalte sind an das Steuerrecht anzupassen:

1. In einem Gespräch mit der Geschäftsführung hat sich herausgestellt, dass der Warenbestand der GmbH aufgrund einer Senkung des Marktpreises der Waren zum Bilanzstichtag mit dem beizulegenden Zeitwert in Höhe von 360.000,00 € bewertet wurde. Hierfür wurde im Rahmen der Bestandsveränderung eine Abschreibung in Höhe von 20.000,00 € erfasst. Kurz nach dem Bilanzstichtag erholte sich der Marktpreis jedoch wieder und stieg auf die ursprünglichen Anschaffungskosten in Höhe von 380.000,00 € an.
2. Die oben genannten Waren wurden über ein Darlehen fremdfinanziert. Details zum Damnum sind dem Darlehensvertrag und dem Zinskonto zu entnehmen.
3. Die GmbH hat sich im Oktober 01 gegenüber einer Gemeinde zur Herstellung eines Denkmals aus Naturstein verpflichtet. Hierfür wurde laut Geschäftsführung ein fester Preis von 95.000,00 € vereinbart. Als Liefertermin wurde der 15.02.02 beschlossen. Das Denkmal wurde im Januar 02 und noch vor der Bilanzerstellung mit Herstellungskosten in Höhe von 110.000,00 € fertiggestellt. Nähere Informationen sind den beigefügten sonstigen betrieblichen Aufwendungen zu entnehmen.
4. Zu Beginn des Jahres 01 hat die Nord-Naturwerkstein GmbH alle Vermögenswerte mit den dazugehörenden Rechtsverhältnissen der STONE EAST GmbH, also alle ihre Aktiva und Passiva, für 170.000,00 € erworben (sogenannter Asset Deal). Da der Kaufpreis über dem Verkehrswert der übernommenen Wirtschaftsgüter lag, wurde ein sog. Geschäfts- oder Firmenwert (GoF) in Höhe von 30.000,00 € im Anlagevermögen der Nord-Naturwerkstein GmbH aktiviert. Sicherheitshalber sollten wir den GoF noch einmal selbst ermitteln und dann die steuerrechtlich zulässige Abschreibung vornehmen. Hierfür erhalten Sie anbei die Bilanz der STONE EAST GmbH zum 31.12.00. Gemäß der angehängten gutachterlichen Stellungnahme entsprachen die Bilanzbuchwerte der STONE EAST GmbH teilweise nicht den Zeitwerten.

Alle vier Sachverhalte dürften für die Ermittlung des steuerbilanziellen Jahresergebnisses relevant sein.

Beste Grüße und frohes Schaffen

Clair Pearson

Informationen zum Lösen der Aufgaben zu der Situationsbeschreibung finden Sie im Lehrbuch „Ausbildung zum/zur Steuerfachangestellten, 3. Ausbildungsjahr“, in Lernfeld 9 Kapitel 3.7.3.3.

Anlage 1: E-Mail-Anhang Darlehensvertrag (Auszug)

Darlehensvertrag

zwischen
IMB Kreditinstitut (nachstehend Darlehensgeber)
und
Nord-Naturwerkstein GmbH (nachstehend Darlehensnehmerin)

1. **Darlehenssumme**
   Der Darlehensgeber gewährt der Darlehensnehmerin zum 01.04.01 ein Festdarlehen von 400.000,00 €.
2. **Auszahlungsbetrag**
   Der Auszahlungsbetrag beläuft sich auf 95 %.
3. **Darlehensdauer**
   Das Darlehen wird bis zum 31.03.06 gewährt.
4. **Darlehenszins**
   Das Festdarlehen ist gesamthaft mit jährlich 4 % zu verzinsen.

[...]

Anlage 2: Konto 2100/7300 Zinsen und ähnliche Aufwendungen

Konto 2100/7300 Zinsen und ähnliche Aufwendungen						
Buchung	**Beleg**	**Beschreibung**	**MwSt**	**Soll**	**Haben**	**Saldo**
01.04.01	432325	Damnum Darlehen IMB	0,00 €	20.000,00 €		20.000,00 €
31.12.01	532425	Zinsen Darlehen IMB 1.4.–31.12.	0,00 €	12.000,00 €		12.000,00 €
						32.000,00 €

Anlage 3: Konto 4900/6300 Sonstige betriebliche Aufwendungen

Konto 4900/6300 Sonstige betriebliche Aufwendungen						
Buchung	**Beleg**	**Beschreibung**	**MwSt**	**Soll**	**Haben**	**Saldo**
31.12.01	432327	Drohverlust-rückstellung	0,00 €	15.000,00 €		15.000,00 €
						15.000,00 €

Anlage 4: Unterlagen der STONE EAST GmbH
Vereinfachte Bilanz

Aktiva	Bilanz STONE EAST GmbH zum 31.12.00 (in €)		Passiva
Anlagevermögen	100.000,00	Eigenkapital	104.000,00
Umlaufvermögen	44.000,00	Verbindlichkeiten	40.000,00
	144.000,00		**144.000,00**

Gutachterliche Stellungnahme zur STONE EAST GmbH (Auszug)

Gutachterliche Stellungnahme zur Bewertung der Vermögenswerte und Schulden der STONE EAST GmbH

Nach Prüfung der Vermögenswerte und Schulden der STONE EAST GmbH ergeben sich zum Zeitpunkt des Erwerbes durch die Nord-Naturwerkstein GmbH Differenzen in Höhe von 36.000,00 € zwischen den Buch- und Zeitwerten der Aktiva der STONE EAST GmbH aufgrund stiller Reserven im Anlagevermögen.

[...]

Konto 4824/6205 Abschreibungen auf den Geschäfts- oder Firmenwert

Konto 4824/6205 Abschreibungen auf den Geschäfts- oder Firmenwert						
Buchung	**Beleg**	**Beschreibung**	**MwSt**	**Soll**	**Haben**	**Saldo**
31.12.01	432329	Abschreibung GoF	0,00 €	3.000,00 €		3.000,00 €
						3.000,00 €

Anlage 5: Strukturierungshilfen „Anpassung der Ansatz- und Bewertungsvorschriften an das Steuerrecht“

Vorräte		
	Handelsrecht (Ist) von der GmbH gebucht	**Steuerrecht (Soll)**
Rechtsnorm	§ 253 (4) HGB	§ 6 (1) Nr. 2 EStG
Auswirkung der Wertminderung der Vorräte bzw. Waren auf das Jahresergebnis (in €)		
+/– Anpassungen nach § 60 (2) EStDV in Verbindung mit § 8 (1) KStG (in €)		

Damnum		
	Handelsrecht (Ist) von der GmbH gebucht	**Steuerrecht (Soll)**
Rechtsnorm und Verwaltungsvorschrift	Wahlrecht § 250 (3) HGB (alternativ wie im Steuerrecht möglich)	H 6.10 EStH „Damnum“
Auswirkung des Damnums auf das Jahresergebnis (in €)		
+/– Anpassungen nach § 60 (2) EStDV in Verbindung mit § 8 (1) KStG (in €)		

Drohverlustrückstellung		
	Handelsrecht (Ist) von der GmbH gebucht	**Steuerrecht (Soll)**
Rechtsnorm	§ 249 (1) S. 1 HGB	§ 5 (4a) EStG
Auswirkung der Drohverlustrückstellung auf das Jahresergebnis (in €)		
+/– Anpassungen nach § 60 (2) EStDV in Verbindung mit § 8 (1) KStG (in €)		

Berechnung des Geschäfts- oder Firmenwerts	
Kaufpreis der STONE EAST GmbH (in €)	
– Eigenkapital der STONE EAST GmbH zu Zeitwerten (in €) → *Berechnung: Zeitwert der Aktiva abzüglich Zeitwert der Schulden* → *Zeitwert enthält unter anderem stille Reserven, die in der Bilanz nicht offen ausgewiesen werden, da sie durch zulässige Unterbewertungen der Aktiva oder zulässige Überbewertungen der Passiva entstehen*	
= Geschäfts- oder Firmenwert in der Bilanz der Nord-Naturwerkstein GmbH (in €) → *notwendig für die Berechnung der korrekten Abschreibung*	

Geschäfts- oder Firmenwert		
	Handelsrecht (Ist) von der GmbH gebucht	**Steuerrecht (Soll)**
Rechtsnorm	§ 253 (3) S. 4 HGB	§ 7 (1) S. 3 EStG
Nutzungsdauer des GoF laut Rechtsnorm		
Auswirkung der Abschreibung des GoF auf das Jahresergebnis (in €)		
+/– Anpassungen nach § 60 (2) EStDV in Verbindung mit § 8 (1) KStG (in €)		

Anlage 6: Diverse Rechtsvorschriften

Gesetz	Weblink	QR-Code
§ 253 (4) HGB	https://www.gesetze-im-internet.de/hgb/__253.html	
§ 6 (1) Nr. 2 EStG	https://www.gesetze-im-internet.de/estg/__6.html	
§ 250 (3) HGB	https://www.gesetze-im-internet.de/hgb/__250.html	
H 6.10 EStH **→ Damnum**	https://esth.bundesfinanzministerium.de/esth/2022/A-Einkommensteuergesetz/II-Einkommen/3-Gewinn/Paragraf-6/inhalt.html	

Gesetz	Weblink	QR-Code
§ 249 (1) S. 1 HGB	https://www.gesetze-im-internet.de/hgb/__249.html	
§ 5 (4a) EStG	https://www.gesetze-im-internet.de/estg/__5.html	
§ 7 (1) S. 3 EStG	https://www.gesetze-im-internet.de/estg/__7.html	

Informieren

- **Machen Sie sich mit der Aufgabenstellung vertraut.**
- **Analysieren Sie, welche Informationen Sie benötigen, um die Ihnen übertragene Aufgabe zu erledigen.**

Planen und entscheiden

Planen Sie Ihre Vorgehensweise bei der Beschaffung der notwendigen Informationen und entscheiden sich begründet für eine oder mehrere Informationsquelle(n).

Durchführen

1. **Stellen Sie die Auswirkungen der von Frau Rekens beschriebenen vier Sachverhalte auf das Jahresergebnis nach Handelsrecht und auf das Jahresergebnis nach Steuerrecht dar.**
2. **Berechnen Sie die Anpassung des Jahresergebnisses laut Handelsbilanz an das Jahresergebnis laut Steuerbilanz.**

Kontrolle

Vergleichen Sie Ihre Anpassungen des Jahresergebnisses laut Handelsbilanz an das Jahresergebnis laut Steuerbilanz mit den Aufzeichnungen Ihrer Mitschülerinnen und Mitschüler dahingehend, ob sie vollständig und richtig dargestellt sind.

Bewerten

Überlegen Sie danach, an welchen Stellen Ihre Darstellungen und Berechnungen noch überarbeitet werden müssen, und korrigieren Sie diese falls notwendig.

Lernsituation 6: Nicht abziehbare Geschenke und Bewirtungsaufwendungen

Situationsbeschreibung

Um die Geschäftsbeziehungen zu wichtigen Geschäftspartnerinnen und Geschäftspartnern positiv zu beeinflussen, erhalten einige Kundinnen und Kunden Geschenke von der Geschäftsführung der Nord-Naturwerkstein GmbH. Gemäß der Buchungstexte wurde der Geschäftspartnerin Luisa Gabor ein Schreibwerkzeug geschenkt. Die Geschäftsfreundin Katrin Alitz hat ein Präsentationsgerät geschenkt bekommen und dem Geschäftspartner Gunther Opitz wurden eine Weinbox und ein Armband zugewendet. Zudem lädt die Geschäftsführung der Nord-Naturwerkstein GmbH wichtige Geschäftspartner für Vertragsabschlüsse zum gemeinsamen Essen ein.

Sämtliche Belege für Geschenke und Bewirtung wurden im Rahmen der Buchführung ordnungsgemäß erfasst und liegen vor. Auf einem der vorliegenden Belege stellt die Steuerberaterin Claudia Rekens einen Betrag fest, der für diese GmbH unangemessen hoch ist. Sie erteilt deshalb ihrer Auszubildenden Julia Schuster den Arbeitsauftrag, die nicht abzugsfähigen Ausgaben für Geschenke und Bewirtungen zu ermitteln.

Informationen zum Lösen der Aufgaben zu der Situationsbeschreibung finden Sie im Lehrbuch „Ausbildung zum/zur Steuerfachangestellten, 3. Ausbildungsjahr“, in Lernfeld 9 Kapitel 3.7.3.4.

Anlage 1: Ordnungsgemäß gebuchte Belege

Pen GmbH
Schreibstaße 1
18106 Rostock
Tel: 0381 123456789
Rechnung 3482

Str.-Nr.: 99/999/99999
01-09-09
Rechnungsnummer 454

RECHNUNG

1 Kugelschreiber	35,70 € (1)
Kaufsumme	**35,70 €**
BAR	**40,00 €**
Rückgeld	**30,30 €**
(1) MwSt-Summe 19%	5,70 €
(1) Nettosumme	30,00 €

********** TSE **********

Vielen Dank für Ihren Einkauf
Steuernummer 99/999/99993
Filiale 2323 Kasse 02

HEFFERNAN
Heffernan Warenhaus GmbH
Friedrich-Damm 110
22047 Hamburg
Tel: 0431 98765432

Rechnung 283283

1 Kabelloser Presenter mit Laserpointer	119,00 €
1 Weinbox	30,00 €
1 Armband	30,00 €
Total	**179,00 €**
Bar	180,00 €
Rückgeld	1,00 €
Netto-Warenwert (b)	**150,42 €**
19% MwSt (b)	**28,58 €**

********** TSE **********

Vielen Dank für Ihren Einkauf
USt-ID-Nr. DE 123456789
Besuchen Sie uns gerne wieder!

STERNE Restaurant HANS
Mittelstraße 7, 20148 Hamburg
Tel: 040/654321
Str.-Nr.: 99/999/99999
09.09.01 Rechnungsnummer 454
Sie wurden bedient von Sabrina (Tisch-Nummer 5)

RECHNUNG

2 x Steak à 29,75 €	59,50 € B
2 x Wasser à 5,95 €	11,90 € B
Trinkgeld	10,00 €

MWST %	NETTO	STEUER	BRUTTO
B 19%	60,00 €	11,40 €	71,40 €

GESAMT: 81,40 €
KREDITKARTE: 81,40 €

Angaben gem. § 4 (5) Nr. 2 EStG

Bewirtete Personen Clair Pearson, Mike Voss
Anlass Herstellung Denkmal in der Gemeinde

Ort, Datum u. Unterschrift
Hamburg 09.09.01, Clair Pearson

********** TSE **********

VINO am Meer
Strandstraße 12, 23683 Scharbeutz
Tel: 04503 1234567
Str.-Nr.: 99/999/99996 Rn.-Nr. 421
02.11.01 13:34:33

RECHNUNG

Kasse Nr. Mobile-1 **Tisch Nr. 4 Mitarbeiter 2** / Ben

Rechnungsnummer	325
ARTIKEL	GESAMT € MwSt
1 x Weinflasche à 2.380,00 €	2.380,00 € B
SUMME	**2.380,00 €**
KREDITKARTE	**2.380,00 €**

MWST %	NETTO	MWST	BRUTTO
B (19%)	2.000,00 €	380,00 €	2.380,00 €

Angaben gem. § 4 (5) Nr. 2 EStG

Rechnungsempfänger: Nord-Naturstein GmbH, Musterweg 1, 23554 Lübeck, i.V. Clair Pearson

Bewirtete Personen: Clair Pearson, Tim Krol

Anlass: Absprache Rabatt und Vertragsabschluss

Ort, Datum u. Unterschrift:
Scharbeutz 09.10.01, Clair Pearson

Anlage 2: Strukturierungshilfe „Ermittlung der nicht abziehbaren Geschenke an Geschäftspartner"

Name der Geschäftspartner bzw. der Empfänger der Geschenke	Frau Gabor	Frau Alitz	Herr Opitz
Anschaffungskosten (unter Beachtung von R 9b (2) S. 3 EStR) der im ____________ zugewendeten Gegenstände (in €)			
Prüfung der Überschreitung der gesetzlichen Frei____________ in Höhe von ________ € (ja/nein)			
nicht abzugsfähige Betriebsausgaben nach § 4 (5) S. 1 Nr. 1 EStG i. V. m. § 8 (1) KStG (in €)			
nicht abzugsfähige Aufwendungen nach § 10 Nr. 2 KStG (in €)			

Anlage 3: Strukturierungshilfe „Ermittlung der nicht abziehbaren Bewirtungsaufwendungen"

____% der angemessenen und nachgewiesenen geschäftlichen Bewirtungsaufwendungen (netto in €)	
+ 100 % der nicht ______________________________ geschäftlichen Bewirtungsaufwendungen (netto in €)	
= nicht abzugsfähige Betriebsausgaben nach § 4 (5) S. 1 Nr. 2 EStG i. V. m. § 8 (1) KStG (in €)	
+ ertragsteuerlich nicht abziehbare Aufwendungen nach § 10 Nr. 2 KStG (in €)	
= Summe der nicht abzugsfähigen Betriebsausgaben aus Bewirtungsanlässen (in €)	

Anlage 4: Diverse Rechtsvorschriften

Gesetz	Weblink	QR-Code
§ 4 (5) S. 1 Nr. 1 und 2 EStG	https://www.gesetze-im-internet.de/estg/__4.html	
R 9b (2) EStR	https://esth.bundesfinanzministerium.de/esth/2022/A-Einkommensteuergesetz/II-Einkommen/4a-Umsatzsteuerrechtlicher-Vorsteuerabzug/Paragraf-9b/inhalt.html	
§ 10 Nr. 2 KStG	https://www.gesetze-im-internet.de/kstg_1977/__10.html	
§ 15 (1a) UStG	https://www.gesetze-im-internet.de/ustg_1980/__15.html	

Informieren

- **Machen Sie sich mit der Aufgabenstellung vertraut.**
- **Analysieren Sie, welche Informationen Sie benötigen, um die Ihnen übertragene Aufgabe zu erledigen.**

Planen und entscheiden

Planen Sie Ihre Vorgehensweise bei der Beschaffung der notwendigen Informationen und entscheiden sich begründet für eine oder mehrere Informationsquelle(n).

Durchführen

1. **Ermitteln Sie die nicht abzugsfähigen Aufwendungen für die Geschenke an die Geschäftspartnerinnen und Geschäftspartner Frau Gabor, Frau Alitz und Herrn Opitz.**
2. **Ermitteln Sie die nicht abzugsfähigen Aufwendungen für die Bewirtung von Herrn Voss und Herrn Krol durch Frau Pearson.**

Kontrolle

Vergleichen Sie Ihr Schema und Ihre Berechnungen mit einem Ihrer Mitschülerinnen oder Mitschüler dahingehend, ob sie vollständig, richtig und falls nötig in einer fachgerechten Sprache verfasst sind.

Bewerten

Überlegen Sie danach, an welchen Stellen Ihr Schema und Ihre Berechnungen noch überarbeitet werden müssen, und korrigieren Sie diese falls notwendig.

Lernsituation 7: Sonstige nicht abzugsfähige Betriebsausgaben und nicht abziehbare Aufwendungen

Situationsbeschreibung

Die Steuerberaterin Claudia Rekens leitet ihrer Auszubildenden Julia Schuster die folgende E-Mail der Geschäftsführung der Nord-Naturwerkstein GmbH weiter mit der Bitte um Beachtung bei der Ermittlung der Körperschaftsteuerbemessungsgrundlage.

Sehr geehrte Damen und Herren,

ich habe mich nach Ihrer Mitteilung zu den nicht abziehbaren Geschenken und Bewirtungsaufwendungen in das Thema der nicht abziehbaren Aufwendungen bzw. Betriebsausgaben eingelesen. Da scheinbar Steueraufwendungen hierbei eine Rolle spielen, bitte ich um die Beachtung unserer steuerbezogenen Aufwendungen in der GuV:

• Kfz-Steuer	200,00 €
• Grundsteuer	300,00 €
• Kapitalertragsteuer	800,00 €
zuzüglich Solidaritätszuschlag	44,00 €
• Vorauszahlungen für Körperschaftsteuer	20.000,00 €
zuzüglich Solidaritätszuschlag	1.100,00 €
• Vorauszahlungen für Gewerbesteuer	18.990,00 €
• steuerliche Nebenleistungen zur Gewerbesteuer	100,00 €

Zudem erhalten Sie anbei einige Unterlagen zur Prüfung auf steuerliche Nichtabziehbarkeit. Sämtliche in den Unterlagen aufgeführte Ausgaben finden Sie auch als Aufwand in der GuV. Bei dieser Gelegenheit bitte ich auch um Klärung der Frage, ob Säumnis- und Verspätungszuschläge allgemein steuerlich abziehbar sind.

Mit freundlichen Grüßen

Clair Pearson

Für die Frage bezüglich der Säumnis- und Verspätungszuschläge soll Julia Schuster einen kurzen Erläuterungstext erstellen, der als Grundlage für eine Antwort genutzt werden kann.

Informationen zum Lösen der Aufgaben zu der Situationsbeschreibung finden Sie im Lehrbuch „Ausbildung zum/zur Steuerfachangestellten, 3. Ausbildungsjahr“, in Lernfeld 9 Kapitel 3.7.3.4.

Anlage 1: Gesellschaftsvertrag der Nord-Naturwerkstein GmbH (Auszug)

Gesellschaftsvertrag der Nord-Naturwerkstein GmbH

[...]

§ 13 Aufwandsentschädigung für Aufsichtsratsmitglieder

Das Mitglied des freiwilligen Aufsichtsrates erhält eine monatliche Aufwandsentschädigung in Höhe von 300,00 €.

[...]

Anlage 2: Beschluss des Amtsgerichts (Auszug)

Amtsgericht

Beschluss 11.02.01

In der Bußgeldsache gegen **Nordwest-Naturstein GmbH, Musterweg 1, 23554 Lübeck, vertreten durch die Geschäftsführung Clair Pearson und Theodor Banks**

wird wegen unerlaubter Nachtarbeit eine Geldbuße festgesetzt. Sie haben zudem die Kosten des Verfahrens und Ihre eigenen Auslagen zu zahlen. Insgesamt sind von Ihnen zu zahlen:

Geldbuße 4.000,00 €

Anlage 3: Spendenquittung (Auszug)

Die **Demokratische Politische Partei** bestätigt,

von der **Nord-Naturstein GmbH, Musterweg 1, 23554 Lübeck** am **29. September 01** eine Spende in Höhe von **420,00 €** (in Worten **vierhundertzwanzig**) empfangen zu haben. Hiermit wird bescheinigt, dass dieser Betrag ausschließlich für die satzungsmäßigen Zwecke der Partei verwendet wird.

Berlin, 29.11.01 — Ort und Datum der Ausstellung

i. A. Semmelmann — Unterschrift

Anlage 4: Konto 2103/7303 Steuerlich abzugsfähige andere Nebenleistungen zu Steuern

Konto 2103/7303 Steuerlich abzugsfähige andere Nebenleistungen zu Steuern						
Buchung	**Beleg**	**Beschreibung**	**MwSt**	**Soll**	**Haben**	**Saldo**
20.11.01	564351	Säumniszuschlag USt-VA	0,00 €	330,00 €		330,00 €
						330,00 €

Anlage 5: Konto 4396/6436 Steuerlich abzugsfähige Verspätungszuschläge und Zwangsgelder

Konto 4396/6436 Steuerlich abzugsfähige Verspätungszuschläge und Zwangsgelder						
Buchung	**Beleg**	**Beschreibung**	**MwSt**	**Soll**	**Haben**	**Saldo**
27.11.01	567354	Verspätungszuschlag LSt-Anmeldung	0,00 €	300,00 €		300,00 €
						300,00 €

Anlage 6: Strukturierungshilfe „Ermittlung der sonstigen nicht abzugsfähigen Betriebsausgaben und nicht abziehbaren Aufwendungen"

Rechtsnorm	Sonstige nicht abzugsfähige Betriebsausgaben und nicht abziehbare Aufwendungen	Betrag (in €)
§ 10 Nr. 2 KStG		
§ 10 Nr. 2 KStG		
§ 10 Nr. 2 KStG		
§ 10 Nr. 2 KStG		
§ 10 Nr. 4 KStG		
§ 4 (5) Nr. 8 EStG i.V.m. § 8 (1) KStG		
§ 4 (5b) EStG i.V.m. § 8 (1) KStG		
§ 4 (5b) EStG i.V.m. § 8 (1) KStG		
§ 4 (6) EStG i.V.m. § 8 (1) KStG		
Summe		

Anlage 7: Strukturierungshilfe „Ermittlung der steuerlich abzugsfähigen Betriebsausgaben und abziehbaren Aufwendungen"

Steuerlich abzugsfähige Betriebsausgaben und abziehbare Aufwendungen	Betrag (in €)

Anlage 8: Strukturierungshilfe „Erläuterung zu Säumnis- und Verspätungszuschlägen"

Erläuterung zu Säumnis- und Verspätungszuschlägen	Säumnis- und Verspätungszuschläge stellen steuerliche ____________________ dar, die ____________________

Anlage 9: Diverse Rechtsvorschriften

Gesetz	Weblink	QR-Code
§ 10 Nr. 2 KStG	https://www.gesetze-im-internet.de/kstg_1977/__10.html	

Gesetz	Weblink	QR-Code
§ 4 (5) Nr. 8, (5b) und (6) EStG	https://www.gesetze-im-internet.de/estg/__4.html	

Informieren

- **Machen Sie sich mit der Aufgabenstellung vertraut.**
- **Analysieren Sie, welche Informationen Sie benötigen, um die Ihnen übertragene Aufgabe zu erledigen.**

Planen und entscheiden

Planen Sie Ihre Vorgehensweise bei der Beschaffung der notwendigen Informationen und entscheiden sich begründet für eine oder mehrere Informationsquelle(n).

Durchführen

1. **Ermitteln Sie die nicht abziehbaren Betriebsausgaben und Aufwendungen unter Zuordnung zur passenden Rechtsnorm und grenzen Sie diese für die Geschäftsführung der Nord-Naturwerkstein GmbH von den steuerlich abziehbaren Betriebsausgaben/Aufwendungen ab.**
2. **Erläutern Sie kurz für Frau Pearson, inwieweit Säumnis- und Verspätungszuschläge einem steuerlichen Abzugsverbot unterliegen.**

Kontrolle

Vergleichen Sie Ihre Erläuterungen zu den nicht abziehbaren Betriebsausgaben und Aufwendungen sowie zu den Säumnis- und Verspätungszuschlägen mit den Aufzeichnungen Ihrer Mitschülerinnen und Mitschüler dahingehend, ob sie vollständig, richtig und falls nötig in einer fachgerechten Sprache verfasst sind.

Bewerten

Überlegen Sie danach, an welchen Stellen Ihre Ermittlungen und Ihre Begründungen noch überarbeitet werden müssen, und korrigieren Sie diese falls notwendig.

Lernsituation 8: Abziehbare Zuwendungen

Situationsbeschreibung

Unter den Aufwendungen der Gewinn- und Verlustrechnung der Nord-Naturwerkstein GmbH hat die Steuerberaterin Claudia Rekens geleistete Zuwendungen festgestellt. Daher wurde die Geschäftsführung der Nord-Naturwerkstein GmbH von Frau Rekens darum gebeten, die entsprechenden Nachweise über diese Zuwendungen der Steuerkanzlei zur Verfügung zu stellen. Frau Rekens übergibt Julia Schuster die von der Geschäftsführung der GmbH erhaltenen Zuwendungsbestätigungen sowie die zur Berechnung erforderlichen Posten der Gewinn- und Verlustrechnung mit dem folgenden Hinweis:

„Zusätzlich zu den erhaltenen Zuwendungsbestätigungen liegt der GmbH ein Bescheid aus dem Vorjahr über die gesonderte Feststellung eines vortragsfähigen Spendenabzugs in Höhe von 2.000,00 € vor. Zur Ermittlung der steuerlich abziehbaren Zuwendungen habe ich bereits auf der Grundlage aller zuvor ermittelten Werte den steuerlichen Gewinn bzw. das Einkommen im Sinne des § 9 (2) KStG in Höhe von 400.000,00 € berechnet. Bezüglich der aufwandswirksamen Zuwendungen ohne Zuwendungsbestätigung, wie zum Beispiel an die örtliche Evangelisch-Freikirchliche Gemeinde in Höhe von 250,00 € und an den Sportverein Kiel e.V. in Höhe von 350,00 €, liegen der GmbH lediglich Kontoauszüge über die entsprechenden Zahlungen vor. Der Geschäftsführer von der Nord-Naturwerkstein GmbH, Herr Banks, möchte gerne erfahren, ob die fehlenden Zuwendungsbestätigungen nach amtlichem Muster problematisch sind. Bitte bereiten Sie einen kurzen Erläuterungstext zur Beantwortung dieser Frage vor."

Informationen zum Lösen der Aufgaben zu der Situationsbeschreibung finden Sie im Lehrbuch „Ausbildung zum/zur Steuerfachangestellten, 3. Ausbildungsjahr", in Lernfeld 9 Kapitel 3.7.3.6.

Anlage 1: Zuwendungsbestätigung der Hochschule in Kiel (Auszug)

Aussteller (Bezeichnung und Anschrift der inländischen juristischen Person des öffentlichen Rechts oder der inländischen öffentlichen Dienststelle) Hochschule in Kiel		
Bestätigung über Geldzuwendungen im Sinne des § 10b des Einkommensteuergesetzes an inländische juristische Personen des öffentlichen Rechts oder inländische öffentliche Dienststellen		
Name und Anschrift des Zuwendenden: Nord-Naturwerkstein GmbH, Musterweg 1, 23554 Lübeck		
Betrag der Zuwendung – in Ziffern – 50.000,00 €	– in Buchstaben – fünfzigtausend	Tag der Zuwendung: 01.04.01

Anlage 2: Zuwendungsbestätigung des Lübecker Blindenverbandes e.V. (Auszug)

Aussteller (Bezeichnung und Anschrift der steuerbegünstigten Einrichtung) Lübecker Blindenverband e.V.		
Bestätigung über Geldzuwendungen/Mitgliedsbeitrag im Sinne des § 10b des Einkommensteuergesetzes an eine der in § 5 Abs. 1 Nr. 9 des Körperschaftsteuergesetzes bezeichneten Körperschaften, Personenvereinigungen oder Vermögensmassen		
Name und Anschrift des Zuwendenden: Nord-Naturwerkstein GmbH, Musterweg 1, 23554 Lübeck		
Betrag der Zuwendung – in Ziffern – 40.000,00 €	– in Buchstaben – vierzigtausend	Tag der Zuwendung: 01.05.01

Anlage 3: Posten Umsatzerlöse und Posten Personalaufwand der Gewinn- und Verlustrechnung

Umsatzerlöse		1.000.000,00 €
Personalaufwand		554.000,00 €
davon		
– Löhne und Gehälter	498.000,00 €	
– soziale Abgaben und Aufwendungen für Altersversorgung und für Unterstützung	56.000,00 €	

Anlage 4: Strukturierungshilfe „Hinzurechnung des Gesamtbetrags der Zuwendungen nach R 7.1 (1) Nr. 15 KStR“

(Teil-)Schema zur Ermittlung der Summe der Einkünfte		Betrag (in €)
...	...	...
9.	**+ vorläufig steuerbegünstigte Zuwendungen, § 9 (1) Nr. 2 und (2) KStG**	
10.	**= Summe der Einkünfte (Einkommen vor Abzug der Zuwendungen)**	400.000,00

Anlage 5: Strukturierungshilfe „Ermittlung des Abzugs der steuerbegünstigten Zuwendungen mit Nachweis nach § 50 (1) und (4) EStDV“

Rechtsnorm	Ermittlungsbestandteile	Betrag (in €)
§ 52 AO	Zuwendungen für ______________________ Zwecke in 01	
§ 53 AO	Zuwendungen für ______________________ Zwecke in 01	
§ 54 AO	Zuwendungen für ______________________ Zwecke in 01	
§ 9 (1) S. 9 KStG	Spendenvortrag aus dem Vorjahr (Jahr 00)	
§ 9 (1) Nr. 2 KStG	(1) Summe der steuerbegünstigten Zuwendungen	
§ 9 (1) Nr. 2 Buchst. a KStG	(2) ________ % des ______________________ i. S. d. § 9 (2) KStG	
§ 9 (1) Nr. 2 Buchst. b KStG	(3) ________ ‰ der Summe der gesamten ______________________ und der aufgewendeten ______________________ ______________________	
§ 9 (1) Nr. 2 KStG	(4) **abziehbare Zuwendungen (Höchstbetrag)** höherer Betrag aus (2) und (3), aber maximaler Betrag aus (1)	
	(5) ggf. Zuwendungsvortrag nach § 9 (1) S. 9 KStG positiver Unterschiedsbetrag aus (1) und (4)	

Anlage 6: Strukturierungshilfe zur Antwort an Herrn Banks

Rechtsnorm	Erläuterung zum Fehlen von Zuwendungsbestätigungen nach amtlichem Muster
§ 50 (1) und (4) EStDV i. V. m. § 8 (1) KStG	Steuerbegünstigte Zuwendungen sind grundsätzlich nach § 50 (1) EStDV ______________________ ______________________ Unter den Voraussetzungen des § 50 (4) EStDV ist für Zuwendungen im Inland bis einschließlich ________ € ______________________ ______________________ ______________________ ______________________

Anlage 7: Diverse Rechtsvorschriften

Gesetz	Weblink	QR-Code
§ 9 (1) Nr. 2 und (4) KStG	https://www.gesetze-im-internet.de/kstg_1977/__9.html	

Gesetz	Weblink	QR-Code
§ 50 (1) und (4) EStDV	https://www.gesetze-im-internet.de/estdv_1955/__50.html	

Informieren

- **Machen Sie sich mit der Aufgabenstellung vertraut.**
- **Analysieren Sie, welche Informationen Sie benötigen, um die Ihnen übertragene Aufgabe zu erledigen.**

Planen und entscheiden

Planen Sie Ihre Vorgehensweise bei der Beschaffung der notwendigen Informationen und entscheiden sich begründet für eine oder mehrere Informationsquelle(n).

Durchführen

1. **Ermitteln Sie für die Nord-Naturwerkstein GmbH den steuerlich vorläufig hinzuzurechnenden Gesamtbetrag der Zuwendungen und anschließend den höchstmöglichen steuerlichen Abzug der steuerbegünstigten Zuwendungen.**
2. **Erläutern Sie für Herrn Banks, ob ein Kontoauszug über eine Zuwendung einen ausreichenden Nachweis für den steuerlichen Abzug von Zuwendungen darstellt.**

Kontrolle

Vergleichen Sie Ihre Hinzurechnung des Gesamtbetrags der Zuwendungen, Ihre steuerlich abziehbaren Zuwendungen und Ihre Erläuterung zu den Zuwendungsbestätigungen mit den Aufzeichnungen Ihrer Mitschülerinnen oder Mitschüler dahingehend, ob sie vollständig, richtig und falls nötig in einer fachgerechten Sprache verfasst sind.

Bewerten

Überlegen Sie danach, an welchen Stellen Ihre Ermittlungen und Ihre Erläuterung noch überarbeitet werden müssen, und korrigieren Sie diese falls notwendig.

Lernsituation 9: Verdeckte Gewinnausschüttung

Situationsbeschreibung

Die Geschäftsführer der Nord-Naturwerkstein GmbH, Clair Pearson und Theodor Banks, haben einen Termin in der Steuerkanzlei Rekens. Beide wollten weitere Geschäftsunterlagen, die Frau Rekens angefragt hat, ausnahmsweise persönlich vorbeibringen. Nach einer freundlichen Begrüßung ergibt sich das folgende Gespräch:

Frau Rekens: *„Ich möchte den heutigen Termin nutzen, um unter anderem über die Geschäftsführergehälter zu sprechen. Ich erinnere mich über Ihre Mitteilung zum Zeitpunkt der Unternehmensgründung, dass Sie sich auf ein höheres monatliches Geschäftsführergehalt für Herrn Banks geeinigt haben."*

Herr Banks: *„Das höhere Geschäftsführergehalt war zwar im Vergleich zum angemessenen Gehalt von Frau Pearson unüblich hoch. Doch dies war im Jahr 01 privaten Umständen geschuldet. Glücklicherweise hat der Unternehmenserfolg das hohe Gehalt ermöglicht. Auch Frau Pearson hat natürlich von dem wirtschaftlichen Erfolg der GmbH profitiert."*

Frau Pearson: *„Das stimmt. Das Unternehmen eröffnet uns ganz neue Möglichkeiten im Privatleben. Beispielsweise konnten wir seitens der GmbH meiner Tochter anlässlich ihrer Hochzeit ein Darlehen am 31.05.01 in Höhe von 25.000,00 € zur Finanzierung der Hochzeitskosten zur Verfügung stellen. Auch wenn meine Tochter die Rückzahlung nach drei Jahren vornehmen muss, konnte das Darlehen meiner Tochter einen Vorteil verschaffen. Unserer Recherche nach hätte meine Tochter nämlich bei einer Bank ganze 6 % Zinsen pro Jahr für ein vergleichbares Darlehen zahlen müssen."*

Frau Rekens: *„Sie haben es gerade treffend formuliert. Das zinsfreie Darlehen stellt einen Vorteil dar, den die GmbH Ihnen bzw. Ihrer Tochter zugewendet hat. Dies werden wir steuerlich berücksichtigen müssen, genauso wie das unüblich hohe Gehalt von Herrn Banks. Trotzdem freut es mich sehr, dass sich Ihr Unternehmen so gut entwickelt hat."*

Herr Banks: *„Die gute Entwicklung ist vor allem einigen wenigen Geschäftspartnern zu verdanken, die ich für uns gewinnen konnte. Frau Pearson und ich haben daher zum Geschäftsjahresende eine weitere angemessene Tantieme zu meinen Gunsten vereinbart. Den Beschluss über diese Tantieme habe ich mitgebracht."*

Frau Rekens: *„Diesen Beschluss müssen wir ebenfalls einsehen. Meine Auszubildende Julia Schuster wird alle drei Sachverhalte vor dem Hintergrund der verdeckten Gewinnausschüttung (vGa) beurteilen und die körperschaftsteuerliche Konsequenz aufzeigen."*

Informationen zum Lösen der Aufgaben zu der Situationsbeschreibung finden Sie im Lehrbuch „Ausbildung zum/zur Steuerfachangestellten, 3. Ausbildungsjahr", in Lernfeld 9 Kapitel 3.7.3.7.

Anlage 1: Konto Geschäftsführergehälter

Konto Geschäftsführergehälter[1]						
Buchung	**Beleg**	**Beschreibung**	**MwSt**	**Soll**	**Haben**	**Saldo**
31.01.01	532431	Pearson (Rostock) GF-Gehalt Januar	0,00 €	6.500,00 €		6.500,00 €
31.01.01	432332	Banks (Lübeck) GF-Gehalt Januar	0,00 €	10.000,00 €		10.000,00 €
...	...	...	...	...	...	
						198.000,00 €

1 In einigen Lernsituationen dieses Lernfeldes werden teilweise Konten als Realien verwendet, die nicht in den Kontenrahmen SKR03/04 enthalten sind. Der Grund hierfür besteht darin, dass diese Konten nicht für die Erstellung von Buchungssätzen relevant sind, sondern lediglich aufzeigen sollen, auf welchen Konten in der Praxis körperschaftsteuerlich relevante Sachverhalte typischerweise erfasst werden.

Anlage 2: Unterlagen zu der Tantieme für Herrn Banks
Beschluss über die Tantieme für Herrn Banks

Gesellschafterbeschluss vom 30.12.01 über eine rückwirkende Tantieme

Herrn Theodor Banks (51 % der Stimmrechte, beherrschender Gesellschafter) wird ergänzend zu den übrigen Bezügen eine erfolgsabhängige Vergütung (Tantieme) gewährt. Die Tantieme berechnet sich prozentual von dem nach Handelsrecht ermittelten Jahresüberschuss vor Abzug der Gewinntantiemen und der ertragsabhängigen Unternehmenssteuern (Körperschaftsteuer, Solidaritätszuschlag und Gewerbesteuer). Der Prozentsatz der Tantieme [...]

Konto Tantiemen

Konto Tantiemen						
Buchung	**Beleg**	**Beschreibung**	**MwSt**	**Soll**	**Haben**	**Saldo**
31.12.01	442021	Tantieme Banks Beschluss 02.01.01	0,00 €	9.000,00 €		9.000,00 €
31.12.01	442022	Tantieme Pearson Beschluss 02.01.01	0,00 €	8.000,00 €		8.000,00 €
31.12.01	442020	Tantieme Banks Beschluss 30.12.01	0,00 €	3.000,00 €		3.000,00 €
...	...	...	...	...	...	

Anlage 3: Strukturierungshilfen „Prüfung der verdeckten Gewinnausschüttung (vGa)“

Gehalt von Herrn Banks		
Tatbestandsmerkmale der vGa nach R 8.5 (1) KStR	**Prüfung des Tatbestandsmerkmals am Sachverhalt**	**Erfüllt? (ja/nein)**
Vermögens________ oder ________ ________		
durch das ________ ________ veranlasst		
Auswirkung auf ________ ________ ________		
nicht auf einem den ________ ________ ________ ________		
Rechtsfolge nach § 8 (3) S. 2 KStG auf Ebene der GmbH		

Hochzeitsdarlehen für die Tochter von Frau Pearson		
Tatbestandsmerkmale der vGa nach R 8.5 (1) KStR	**Prüfung des Tatbestandsmerkmals am Sachverhalt**	**Erfüllt? (ja/nein)**
R 8.5 (1) S. 3 KStR		
Rechtsfolge nach § 8 (3) S. 2 KStG auf Ebene der GmbH		

Rückwirkende Tantieme an Herrn Banks		
Tatbestandsmerkmale der vGa nach R 8.5 (1) und (2) KStR	**Prüfung des Tatbestandsmerkmals am Sachverhalt**	**Erfüllt? (ja/nein)**
(hier R 8.5 (2) KStR)		
Rechtsfolge nach § 8 (3) S. 2 KStG auf Ebene der GmbH		

Anlage 4: Diverse Rechtsvorschriften

Gesetz	Weblink	QR-Code
§ 8 (3) S. 2 KStG	https://www.gesetze-im-internet.de/kstg_1977/__8.html	
R 8.5 KStR	https://ksth.bundesfinanzministerium.de/ksth/2022/A-Koerperschaftsteuergesetz/II-Einkommen/1-Allgemeine-Vorschriften/Paragraf-8/inhalt.html#anchord205f552-c4ad-4145-8f5a-561f5861d675	

Informieren

- **Machen Sie sich mit der Aufgabenstellung vertraut.**
- **Analysieren Sie, welche Informationen Sie benötigen, um die Ihnen übertragene Aufgabe zu erledigen.**

Planen und entscheiden

Planen Sie Ihre Vorgehensweise bei der Beschaffung der notwendigen Informationen und entscheiden sich begründet für eine oder mehrere Informationsquelle(n).

Durchführen

1. **Stellen Sie die Tatbestandsmerkmale einer verdeckten Gewinnausschüttung heraus, um die von Frau Pearson und Herrn Banks beschriebenen Sachverhalte auf das Vorliegen der verdeckten Gewinnausschüttung prüfen zu können.**
2. **Beurteilen Sie, ob das erhöhte Geschäftsführergehalt von Herrn Banks, das zinslose Hochzeitsdarlehen für die Tochter von Frau Pearson und die rückwirkende Tantieme an Herrn Banks jeweils eine verdeckte Gewinnausschüttung darstellen.**
3. **Berechnen Sie die Auswirkung der verdeckten Gewinnausschüttungen auf die Körperschaftsteuerbemessungsgrundlage.**

Kontrolle

Vergleichen Sie Ihre Prüfungen der verdeckten Gewinnausschüttungen und deren rechnerische Auswirkung auf die Körperschaftsteuerbemessungsgrundlage mit den Aufzeichnungen Ihrer Mitschülerinnen oder Mitschüler dahingehend, ob sie vollständig, richtig und falls nötig in einer fachgerechten Sprache verfasst sind.

Bewerten

Überlegen Sie danach, an welchen Stellen Ihre Prüfungen der verdeckten Gewinnausschüttungen und deren rechnerische Auswirkung auf die Körperschaftsteuerbemessungsgrundlage noch überarbeitet werden müssen, und korrigieren Sie diese falls notwendig.

Lernsituation 10: Körperschaftsteuer und Solidaritätszuschlag

Situationsbeschreibung

Die Geschäftsführung der Nord-Naturwerkstein GmbH erkundigt sich telefonisch nach dem aktuellen Bearbeitungsstand zur Ermittlung der Bemessungsgrundlage für die Körperschaftsteuer.

Frau Rekens: *„Die bisherige Arbeit verläuft sehr erfolgreich. Unter Beachtung aller bereits bearbeiteten Sachverhalte ergibt sich ein Gesamtbetrag der Einkünfte in Höhe von 320.000,00 €."*

Frau Pearson: *„Wir haben einen geringeren Betrag vermutet. Unsere vorläufige Rückstellung in Höhe von insgesamt 15.825,00 € für Körperschaftsteuer und Solidaritätszuschlag wird zu gering sein."*

Frau Rekens: *„Dies werden wir gerne prüfen und dabei die geleisteten Vorauszahlungen in Höhe von insgesamt 21.100,00 € für Körperschaftsteuer und Solidaritätszuschlag beachten. Zudem werden wir auch den vorliegenden Bescheid über den Verlustvortrag aus dem Vorjahr berücksichtigen."*

Frau Pearson: *„Da wir gerade von Vorauszahlungen sprechen – ich glaube, dass Sie auch die Steuerbescheinigung über die einbehaltene Kapitalertragsteuer und den Solidaritätszuschlag aus Zinserträgen aus betrieblichen Festgeldkonten benötigen, die ich Ihnen gleich noch zuschicken werde."*

Nach dem Gespräch bittet Frau Rekens Ihre Auszubildende Julia Schuster um die Ermittlung der entsprechenden Rückstellung.

Informationen zum Lösen der Aufgaben zu der Situationsbeschreibung finden Sie im Lehrbuch „Ausbildung zum/zur Steuerfachangestellten, 3. Ausbildungsjahr", in Lernfeld 9 Kapitel 3.8.1.

Anlage 1: Bescheid über die gesonderte Feststellung des verbleibenden Verlustvortrags zur Körperschaftsteuer zum 31.12.00

fiktives Finanzamt für Körperschaften 28.11.01

Frau
Clair Pearson
Musterweg 1
23554 Lübeck

Bescheid über die gesonderte Feststellung des verbleibenden Verlustvortrags zur Körperschaftsteuer zum 31.12.00

für Firma Nord-Naturwerkstein GmbH, Musterweg 1, 23554 Lübeck

Feststellung

Der Bescheid ergeht nach § 164 Abs. 1 AO unter dem Vorbehalt der Nachprüfung.

Der verbleibende Verlustabzug wird nach § 10d Abs. 4 EStG i. V. m. § 8 Abs. 1 KStG festgestellt auf .... 20.000,00 €

[...]

Anlage 2: Steuerbescheinigung über einbehaltene Kapitalertragsteuer und Solidaritätszuschlag aus dem Jahr 01

Steuerbescheinigung

Bescheinigung für alle Konten und/oder Depots

Für **Nord-Naturwerkstein GmbH, Musterweg 1, 23554 Lübeck**

Kapitalerträge im Sinne des § 43 Abs. 1 Satz 1 Nr. 1 EStG	3.200,00 €
Kapitalertragsteuer in Höhe von 25 %	800,00 €
Solidaritätszuschlag in Höhe von 5,5 %	44,00 €

Anlage 3: Strukturierungshilfe „Ermittlung der Bemessungsgrundlage für die Körperschaftsteuer"

	(Teil-)Schema zur Ermittlung des zu versteuernden Einkommens nach R 7.1 KStR	Betrag (in €)
...	...	...
12.	= Gesamtbetrag der Einkünfte	
13.	– ______________________ (hier uneingeschränkt möglich)	
14.	= ______________________	
15.	– ______________________ nach § 24 KStG (nur für bestimmte Körperschaften)	
16.	= ______________________	

Anlage 4: Strukturierungshilfe „Berechnung der zu bildenden Rückstellung oder Forderung für Zwecke der Körperschaftsteuer"

Berechnungsschritte für Zwecke der Körperschaftsteuer	Betrag (in €)
festzusetzende Körperschaftsteuer (__________ gerundet auf ______________________ nach § 31 (1) S. 2 KStG)	
– ______________________	
– ______________________	
= nachzuzahlende Körperschaftsteuer (+) / zu erstattende Körperschaftsteuer (–)	
– ______________________	
= noch zu bildende KSt-Rückstellung (+) / KSt-Forderung (–)	

Anlage 5: Strukturierungshilfe „Berechnung der zu bildenden Rückstellung oder Forderung für Zwecke des Solidaritätszuschlags“

Berechnungsschritte für Zwecke des Solidaritätszuschlags	Betrag (in €)
festzusetzender Solidaritätszuschlag (__________ gerundet auf ______________________ nach § 4 S. 3 SolZG)	
– ______________________________	
– ______________________________	
= nachzuzahlender Solidaritätszuschlag (+) / zu erstattender Solidaritätszuschlag (–)	
– ______________________________	
= noch zu bildende SolZ-Rückstellung (+) / SolZ-Forderung (–)	

Anlage 6: Diverse Rechtsvorschriften

Gesetz	Weblink	QR-Code
§ 10d EStG	https://www.gesetze-im-internet.de/estg/__10d.html	
§ 23 (1) KStG	https://www.gesetze-im-internet.de/kstg_1977/__23.html	
§ 36 (2) Nr. 2 EStG	https://www.gesetze-im-internet.de/estg/__36.html	
§ 31 (1) KStG	https://www.gesetze-im-internet.de/kstg_1977/__31.html	
§ 4 SolZG	https://www.gesetze-im-internet.de/solzg_1995/__4.html	

Informieren

- **Machen Sie sich mit der Aufgabenstellung vertraut.**
- **Analysieren Sie, welche Informationen Sie benötigen, um die Ihnen übertragene Aufgabe zu erledigen.**

Planen und entscheiden

Planen Sie Ihre Vorgehensweise bei der Beschaffung der notwendigen Informationen und entscheiden sich begründet für eine oder mehrere Informationsquelle(n).

Durchführen

1. **Ermitteln Sie die Bemessungsgrundlage für die Körperschaftsteuer der Nord-Naturwerkstein GmbH für das Jahr 01.**
2. **Ermitteln Sie die noch zu bildende Rückstellung oder Forderung für die Körperschaftsteuer und den Solidaritätszuschlag für das Jahr 01.**

Kontrolle

Vergleichen Sie Ihr Schema und Ihre Berechnungen mit den Aufzeichnungen Ihrer Mitschülerinnen und Mitschüler dahingehend, ob sie vollständig, richtig und falls nötig in einer fachgerechten Sprache verfasst sind.

Bewerten

Überlegen Sie danach, an welchen Stellen Ihr Schema und Ihre Berechnung noch überarbeitet werden müssen, und korrigieren Sie diese falls notwendig.

Lernsituation 11: Gewerbesteuerpflicht und Schema zur Ermittlung der Gewerbesteuerbemessungsgrundlage

Situationsbeschreibung

Die Geschäftsführung der Nord-Naturwerkstein GmbH war überrascht, als sie von der Gewerbesteuerpflicht der GmbH erfuhr. Die Steuerkanzlei Rekens wurde deshalb damit beauftragt, die Gewerbesteuerpflicht nachvollziehbar für die Geschäftsführung darzustellen. Zudem möchte die Geschäftsführung der Nord-Naturwerkstein GmbH ein vereinfachtes Schema zur Ermittlung der gewerbesteuerlichen Bemessungsgrundlage zur Verfügung gestellt bekommen.

Die Steuerberaterin Claudia Rekens bittet ihre Auszubildende Julia Schuster darum, die Aufträge der Nord-Naturstein GmbH zu bearbeiten und die Ergebnisse schriftlich anschaulich darzustellen. Frau Rekens erinnert Julia Schuster hierbei an die Betriebsstandorte der Nord-Naturwerkstein GmbH in Lübeck und Rostock.

Informationen zum Lösen der Aufgaben zu der Situationsbeschreibung finden Sie im Lehrbuch „Ausbildung zum/zur Steuerfachangestellten, 3. Ausbildungsjahr“, in Lernfeld 9 Kapitel 4.2, 4.4 und 4.8.

Anlage 1: Strukturierungshilfe „Prüfung der Gewerbesteuerpflicht“

Rechtsnorm	Tatbestands-merkmale	Prüfung des Tatbestandsmerkmals am Sachverhalt	Erfüllt? (ja/nein)
§ 2 (1) GewStG	stehender ______ ______	§ 2 (2) S. 1 GewStG, ______ ______ ______	
	im ______	§ 2 (1) S. 3 GewStG i. V. m. § 12 AO, ... ______ ______ ______	
Rechtsfolge	Die Nord-Naturwerkstein GmbH unterliegt ______		

Anlage 2: Strukturierungshilfe „Übersicht zu den Formen des stehenden Gewerbebetriebes“

Rechtsnorm	Formen des stehenden Gewerbebetriebes	Beispiele
§ 2 (1) GewStG	Gewerbebetrieb kraft ______ ______ ______	
§ 2 (2) GewStG	Gewerbebetrieb kraft ______ ______	
§ 2 (3) GewStG i. V. m. § 14 AO	Gewerbebetrieb kraft ______ ______ ______	

Anlage 3: Strukturierungshilfe „Ermittlung der Gewerbesteuerbemessungsgrundlage“

Nr.	Schema zur Ermittlung der Gewerbesteuerbemessungsgrundlage
1.	
2.	
3.	
4.	= maßgebender Gewerbeertrag
5.	
6.	= vorläufiger Gewerbeertrag, abgerundet auf
7.	
8.	= endgültiger Gewerbeertrag
9.	· Steuermesszahl (3,5 %)
10.	

Anlage 4: Diverse Rechtsvorschriften

Gesetz	Weblink	QR-Code
§ 2 (1) bis (2) GewStG	https://www.gesetze-im-internet.de/gewstg/__2.html	
§ 12 AO	https://www.gesetze-im-internet.de/ao_1977/__12.html	
§ 14 AO	https://www.gesetze-im-internet.de/ao_1977/__14.html	

Informieren

- **Machen Sie sich mit der Aufgabenstellung vertraut.**
- **Analysieren Sie, welche Informationen Sie benötigen, um die Ihnen übertragene Aufgabe zu erledigen.**

Planen und entscheiden

Planen Sie Ihre Vorgehensweise bei der Beschaffung der notwendigen Informationen und entscheiden sich begründet für eine oder mehrere Informationsquelle(n).

Durchführen

1. **Prüfen Sie, ob die Nord-Naturwerkstein GmbH der Gewerbesteuerpflicht unterliegt.**
2. **Erstellen Sie für die Geschäftsführung der Nord-Naturwerkstein GmbH als Ergänzung zu Ihrer Prüfung der Gewerbesteuerpflicht ein Schaubild zu den drei Formen eines stehenden Gewerbebetriebes.**
3. **Erstellen Sie für die Geschäftsführung der Nord-Naturwerkstein GmbH ein vereinfachtes Schema zur Ermittlung der gewerbesteuerlichen Bemessungsgrundlage.**

Kontrolle

Vergleichen Sie Ihre Prüfung, Ihr Schaubild und Ihr Schema mit den Aufzeichnungen Ihrer Mitschülerinnen und Mitschüler dahingehend, ob sie vollständig, richtig und falls nötig in einer fachgerechten Sprache verfasst sind.

Bewerten

Überlegen Sie danach, an welchen Stellen Ihre Prüfung, Ihr Schaubild und Ihr Schema noch überarbeitet werden müssen, und korrigieren Sie diese falls notwendig.

Lernsituation 12: Gewinn aus Gewerbebetrieb und Hinzurechnung von Finanzierungsentgelten

Situationsbeschreibung

Zwischen der Steuerberaterin Claudia Rekens und der Auszubildenden Julia Schuster ergibt sich das folgende Gespräch:

Frau Rekens: *„Zur Ermittlung der Ausgangsgröße der gewerbesteuerlichen Bemessungsgrundlage ziehen wir bei Kapitalgesellschaften zunächst das ermittelte zu versteuernde Einkommen in Höhe von 300.000,00 € heran. Dadurch sind alle körperschaftsteuerlichen Korrekturen berücksichtigt, wie zum Beispiel unsere Korrektur des Damnums nach § 60 (2) EStDV in Höhe von + 17.000,00 €."*

Julia Schuster: *„Stellt das zu versteuernde Einkommen somit die Ausgangsgröße der gewerbesteuerlichen Bemessungsgrundlage dar?"*

Frau Rekens: *„Nicht ganz, denn der körperschaftsteuerliche Verlustabzugsbetrag in Höhe von 20.000,00 € ist zu korrigieren. Für die anschließende Arbeit zur Hinzurechnung von Finanzierungsentgelten habe ich für Sie bereits die relevanten Konten hervorgehoben. Zusätzlich sollten wir für die Geschäftsführung der Nord-Naturwerkstein GmbH eine kurze Erläuterung zum Zweck der gewerbesteuerlichen Hinzurechnung von Finanzierungsentgelten vorbereiten."*

Informationen zum Lösen der Aufgaben zu der Situationsbeschreibung finden Sie im Lehrbuch „Ausbildung zum/zur Steuerfachangestellten, 3. Ausbildungsjahr", in Lernfeld 9 Kapitel 4.8.1 und 4.8.2.

Anlage 1: Ausgewählte Posten der Gewinn- und Verlustrechnung der Nord-Naturwerkstein GmbH

Sonstige betriebliche Aufwendungen	**214.265,00 €**
davon hier folgende Konten relevant:	
4210/6310 Miete (unbewegliche Wirtschaftsgüter)	76.800,00 €
4965/6840 Mietleasing (bewegliche Wirtschaftsgüter)	4.010,00 €
4570/6560 Mietleasing Kfz	11.400,00 €
Aufwendungen für die zeitlich befristete Überlassung von Rechten (Lizenzen, Konzessionen)	960,00 €

Zinsen und ähnliche Aufwendungen	**32.430,00 €**
davon hier folgendes Konto relevant:	
2100/7300 Zinsen und ähnliche Aufwendungen	32.000,00 €

Gewinnabführung	**5.000,00 €**
Abgeführte Gewinnanteile an stille Gesellschafter	5.000,00 €

Anlage 2: Konto 4570/6560 Mietleasing Kfz

Konto 4570/6560 Mietleasing Kfz						
Buchung	**Beleg**	**Beschreibung**	**MwSt**	**Soll**	**Haben**	**Saldo**
02.01.01	564328	Leasing Benziner jährl.	0,00 €	5.520,00 €		5.520,00 €
02.01.01	564328	Leasing Elektrofahrzeug jährl.	0,00 €	5.880,00 €		5.880,00 €
						11.400,00 €

Anlage 3: Strukturierungshilfe „Ermittlung der Ausgangsgröße der Bemessungsgrundlage für die Gewerbesteuer"

(Teil-)Schema zur Ermittlung der Ausgangsgröße der Bemessungsgrundlage für die Gewerbesteuer		Betrag (in €)
1.	Gewinn aus Gewerbebetrieb	
2.	+ Hinzurechnungen nach § 8 Nr. 1 GewStG (siehe gesondertes Schema unten)	
....	...	...

Anlage 4: Strukturierungshilfe „ Ermittlung des Hinzurechnungsbetrages nach § 8 Nr. 1 GewStG"

§ 8 Nr. 1 Buchst. ... GewStG	Hinzurechnungstatbestand	Beträge (in €) soweit bei der Ermittlung des Gewinns abgesetzt	Ansatz mit %	vorläufige Hinzurechnung (in €)
a	Entgelte für ______			
b	Renten und dauernde Lasten	–	100 %	–
c	Gewinnanteile des ______ ______			
d	Miet- und Pachtzinsen ______ ______ ______			
			10 %	
e	Miet- und Pachtzinsen ______ ______ ______			
f	Aufwendungen für die zeitlich befristete ______ ______			

Summe der vorläufigen Hinzurechnungen	
– Freibetrag nach § 8 Nr. 1 GewStG	
= Summe, die den Freibetrag übersteigt (hier mind. 0,00 €)	
davon ______ % = Hinzurechnungsbetrag nach § 8 Nr. 1 GewStG	

Anlage 5: Strukturierungshilfe „Zweck von § 8 Nr. 1 GewStG“

Zweck	Der Zweck von § 8 GewStG besteht darin, ...

Anlage 6: § 8 Nr. 1 GewStG

Gesetz	Weblink	QR-Code
§ 8 Nr. 1 GewStG	https://www.gesetze-im-internet.de/gewstg/__8.html	

Informieren

- **Machen Sie sich mit der Aufgabenstellung vertraut.**
- **Analysieren Sie, welche Informationen Sie benötigen, um die Ihnen übertragene Aufgabe zu erledigen.**

Planen und entscheiden

Planen Sie Ihre Vorgehensweise bei der Beschaffung der notwendigen Informationen und entscheiden sich begründet für eine oder mehrere Informationsquelle(n).

Durchführen

1. **Ermitteln Sie für die Nord-Naturwerkstein GmbH die Ausgangsgröße der gewerbesteuerlichen Bemessungsgrundlage sowie die gewerbesteuerliche Hinzurechnung von Finanzierungsentgelten nach § 8 Nr. 1 GewStG.**
2. **Erläutern Sie kurz den Zweck der Hinzurechnung der in § 8 Nr. 1 GewStG genannten Finanzierungsbestandteile für die Nord-Naturwerkstein GmbH.**

Kontrolle

Vergleichen Sie Ihre Ermittlungen und Ihre Erläuterung mit den Aufzeichnungen Ihrer Mitschülerinnen und Mitschüler dahingehend, ob sie vollständig, richtig und falls nötig in einer fachgerechten Sprache verfasst sind.

Bewerten

Überlegen Sie danach, an welchen Stellen Ihre Ermittlungen und Erläuterung noch überarbeitet werden müssen, und korrigieren Sie diese falls notwendig.

Lernsituation 13: Hinzurechnung und Kürzung von Anteilen an Personengesellschaften

Situationsbeschreibung

Die Nord-Naturwerkstein GmbH hat in ihrem Betriebsvermögen eine Kommanditbeteiligung an der Stein-Plus KG mit einer Beteiligungsquote von 12,5 % und eine Kommanditbeteiligung an der Stein-Minus KG mit einer Beteiligungsquote von 10 %. Während die Stein-Plus KG im Wirtschaftsjahr 01 einen Gesamtgewinn in Höhe von 10.000,00 € erwirtschaftet hat, erzielte die Stein-Minus KG dagegen einen Gesamtverlust in Höhe von 12.000,00 €. Die handelsrechtlichen Ergebnisse der Kommanditgesellschaften entsprechen den steuerrechtlichen Ergebnissen. Die Gewinn- und Verlustanteile hat die Nord-Naturwerkstein GmbH erfolgswirksam erfasst. Die Geschäftsführerin Clair Pearson bittet die Steuerberaterin Claudia Rekens um eine Erläuterung, warum die Ergebnisanteile an Personengesellschaften bei der Ermittlung der gewerbesteuerlichen Bemessungsgrundlage bedeutend sind.

Frau Rekens erteilt ihrer Auszubildenden Julia Schuster den Arbeitsauftrag, zu dieser Thematik entsprechende Übersichten zu erstellen, die als Grundlage für ein Beratungsgespräch dienen sollen.

Informationen zum Lösen der Aufgaben zu der Situationsbeschreibung finden Sie im Lehrbuch „Ausbildung zum/zur Steuerfachangestellten, 3. Ausbildungsjahr“, in Lernfeld 9 Kapitel 4.8.2.2 und 4.8.3.2.

Anlage 1: Strukturierungshilfe „Hinzurechnung und Kürzung von Anteilen an Personengesellschaften auf Ebene der Nord-Naturwerkstein GmbH“

Rechtsnorm	Hinzurechnungs- oder Kürzungstatbestand	Hinzurechnung (+) oder Kürzung (–) (in €)
§ 8 Nr. 8 GewStG	Anteile am ...	
§ 9 Nr. 2 GewStG	Anteile am ...	

Anlage 2: Strukturierungshilfe „Zweck von § 8 Nr. 1 GewStG und § 9 Nr. 2 GewStG“

Rechtsnorm	Zweck der Rechtsnorm
§ 8 Nr. 8 GewStG	
§ 9 Nr. 2 GewStG	

Anlage 3: Diverse Rechtsvorschriften

Gesetz	Weblink	QR-Code
§ 8 Nr. 8 GewStG	https://www.gesetze-im-internet.de/gewstg/__8.html	
§ 9 Nr. 2 GewStG	https://www.gesetze-im-internet.de/gewstg/__9.html	

Informieren

- **Machen Sie sich mit der Aufgabenstellung vertraut.**
- **Analysieren Sie, welche Informationen Sie benötigen, um die Ihnen übertragene Aufgabe zu erledigen.**

Planen und entscheiden

Planen Sie Ihre Vorgehensweise bei der Beschaffung der notwendigen Informationen und entscheiden sich begründet für eine oder mehrere Informationsquelle(n).

Durchführen

1. **Ermitteln Sie die gewerbesteuerliche Hinzurechnung und die gewerbesteuerliche Kürzung der Ergebnisse aus der Stein-Plus KG und aus der Stein-Minus KG auf Ebene der Nord-Naturwerkstein GmbH.**
2. **Erläutern Sie für die Geschäftsführung der Nord-Naturwerkstein GmbH den Zweck der Regelung in § 8 Nr. 8 GewStG und § 9 Nr. 2 GewStG am Beispiel der Stein-Plus KG und Stein-Minus KG.**

Kontrolle

Vergleichen Sie Ihre Ermittlung der gewerbesteuerlichen Hinzurechnung und Kürzung sowie Ihre Erläuterung mit den Aufzeichnungen Ihrer Mitschülerinnen und Mitschüler dahingehend, ob sie vollständig, richtig und falls nötig in einer fachgerechten Sprache verfasst sind.

Bewerten

Überlegen Sie danach, an welchen Stellen Ihre Ermittlung und Erläuterung noch überarbeitet werden müssen, und korrigieren Sie diese falls notwendig.

Lernsituation 14: Betrieblicher Grundbesitz

Situationsbeschreibung

Die Steuerberaterin Claudia Rekens leitet folgende E-Mail von der Geschäftsführung der Nord-Naturwerkstein GmbH an Julia Schuster weiter:

> Sehr geehrte Frau Rekens,
>
> ich erinnere mich daran, dass Sie für die Erstellung der vorangegangenen Gewerbesteuererklärung die Einheitswerte für unsere beiden vollständig betrieblich genutzten Grundbesitze benötigt haben (Lübeck 100.000,00 € und Rostock 30.000,00 €). Allerdings ist mir nicht bekannt, warum die Grundbesitze für die Gewerbesteuer relevant sind.
>
> Für die Ermittlung der gewerbesteuerlichen Bemessungsgrundlage für das Jahr 01 könnte vielleicht von Bedeutung sein, dass die Nord-Naturwerkstein GmbH Ende Dezember des Jahres 01 in Hamburg ein neues Grundstück erworben hat. Das Grundstück wird ausschließlich betrieblich genutzt und hat laut Bescheid einen Einheitswert von 90.000,00 €.
>
> Mit freundlichen Grüßen
>
> *Clair Pearson*

Frau Rekens bittet Julia Schuster um die Beachtung der beiden Grundstücke in Lübeck und Rostock bei der Ermittlung der gewerbesteuerlichen Bemessungsgrundlage für das Jahr 01. Zudem soll sie prüfen, ob auch das Grundstück in Hamburg bereits im Veranlagungsjahr 01 berücksichtigt werden muss. Das Ergebnis der Prüfung und der Zweck der Vorschrift § 9 Nr. 1 GewStG sollen der Geschäftsführung der Nord-Naturwerkstein GmbH in einer kurzen E-Mail, die Julia Schuster vorbereiten darf, mitgeteilt werden.

Informationen zum Lösen der Aufgaben zu der Situationsbeschreibung finden Sie im Lehrbuch „Ausbildung zum/zur Steuerfachangestellten, 3. Ausbildungsjahr", in Lernfeld 9 Kapitel 4.8.3.1.

Anlage 1: Strukturierungshilfe „Ermittlung des Kürzungsbetrages nach § 9 Nr. 1 S. 1 GewStG[1]"

	Prozentwert gemäß § 9 Nr. 1 S. 1 GewStG (alte Fassung)	*multipliziert mit* Einheitswert (in €)	*multipliziert mit* betrieblicher Anteil dieses Wertes nach § 20 (2) GewStDV in Prozent	*multipliziert mit* Prozentwert nach § 121a BewG oder § 133 BewG (jeweils alte Fassung)	= Kürzungsbetrag (in €)
Lübeck					
Rostock					
Hamburg					

1 Mit der Grundsteuerreform zum 01.01.2025 entfällt die einheitliche Anknüpfung an die Einheitswerte. Ab 2025 richtet sich die Kürzung direkt nach der tatsächlich gezahlten Grundsteuer, die das Unternehmen als Betriebsausgabe gebucht hat.

Anlage 2: Strukturierungshilfe „E-Mail bezüglich des Grundstückes in Hamburg“

Sehr geehrte Frau Pearson,

vielen Dank für die Mitteilung ______________________________

Nach § 9 Nr. 1 S. 1 GewStG (alte Fassung) in Verbindung mit § 20 (1) GewStDV wird ______________

____

____

____

____

____

Der Zweck der Vorschrift § 9 Nr. 1 S. 1 GewStG (alte Fassung) besteht darin, ______________

____

Für Rückfragen stehen wir gerne zur Verfügung.

Mit freundlichen Grüßen

...

Anlage 3: Diverse Rechtsvorschriften

Gesetz	Weblink	QR-Code
§ 9 Nr. 1 S. 1 GewStG	https://www.gesetze-im-internet.de/gewstg/__9.html	
§ 20 GewStDV	https://www.gesetze-im-internet.de/gewstdv_1955/__20.html	

Informieren

- **Machen Sie sich mit der Aufgabenstellung vertraut.**
- **Analysieren Sie, welche Informationen Sie benötigen, um die Ihnen übertragene Aufgabe zu erledigen.**

Planen und entscheiden

Planen Sie Ihre Vorgehensweise bei der Beschaffung der notwendigen Informationen und entscheiden sich begründet für eine oder mehrere Informationsquelle(n).

Durchführen

1. **Ermitteln Sie für die Nord-Naturwerkstein GmbH die gewerbesteuerliche Kürzung nach § 9 Nr. 1 S. 1 GewStG.**
2. **Bereiten Sie eine kurze E-Mail an die Geschäftsführung der Nord-Naturwerkstein GmbH vor, in der Sie die Bedeutung des Grundstückes in Hamburg für die gewerbesteuerliche Bemessungsgrundlage im Jahr der Anschaffung und den Zweck der Vorschrift § 9 Nr. 1 S. 1 GewStG erläutern.**

Vergleichen Sie Ihre gewerbesteuerliche Kürzung für Grundbesitze und Ihre E-Mail mit den Aufzeichnungen Ihrer Mitschülerinnen und Mitschüler dahingehend, ob sie vollständig, richtig und falls nötig in einer fachgerechten Sprache verfasst sind.

Kontrolle

Überlegen Sie danach, an welchen Stellen Ihre Ermittlung und Ihre E-Mail noch überarbeitet werden müssen, und korrigieren Sie diese falls notwendig.

Bewerten

Lernsituation 15: Zuwendungen für steuerbegünstigte Zwecke

Situationsbeschreibung

Die Steuerberaterin Claudia Rekens erläutert der Auszubildenden Julia Schuster den nächsten Schritt zur Ermittlung der Bemessungsgrundlage für die Gewerbesteuer:

Frau Rekens: *„Im nächsten Schritt der Ermittlung der gewerbesteuerlichen Bemessungsgrundlage wollen wir die Zuwendungen der Nord-Naturwerkstein GmbH betrachten."*

Julia Schuster: *„Haben wir die Zuwendungen nicht bereits bei der Ermittlung der Körperschaftsteuer in Höhe von 80.000,00 € zum Abzug gebracht? Ich erinnere mich noch an die zwei Zuwendungsbestätigungen sowie an die zwei Kontoauszüge zu den Spenden an die örtliche Evangelisch-Freikirchliche Gemeinde in Höhe von 250,00 € und an den Sportverein Kiel e. V. in Höhe von 350,00 €. Zudem erinnere ich mich an den körperschaft- und gewerbesteuerlichen Spendenvortrag aus vom Vorjahr in Höhe von jeweils 2.000,00 €."*

Frau Rekens: *„Genau diese bereits zum Abzug gebrachten Zuwendungen spielen nun auch bei der Gewerbesteuer wieder eine Rolle, ebenso wie der bereits ermittelte Gewinn aus dem Gewerbebetrieb in Höhe von 320.000,00 €. Da die erneute steuerliche Betrachtung der Zuwendungen unserer Mandantschaft auch manchmal unverständlich erscheint, sollten wir für die Geschäftsführung der Nord-Naturwerkstein GmbH auch eine Erläuterung des Zwecks von § 8 Nr. 9 GewStG vorbereiten."*

Informationen zum Lösen der Aufgaben zu der Situationsbeschreibung finden Sie im Lehrbuch „Ausbildung zum/zur Steuerfachangestellten, 3. Ausbildungsjahr", in Lernfeld 9 Kapitel 4.8.3.3.

Anlage 1: Zuwendungsbestätigung der Hochschule in Kiel (Auszug)

<table>
<tr><td colspan="3">Aussteller (Bezeichnung und Anschrift der inländischen juristischen Person des öffentlichen Rechts oder der inländischen öffentlichen Dienststelle)
Hochschule in Kiel</td></tr>
<tr><td colspan="3">Bestätigung über Geldzuwendungen
im Sinne des § 10b des Einkommensteuergesetzes an inländische juristische Personen des öffentlichen Rechts oder inländische öffentliche Dienststellen</td></tr>
<tr><td colspan="3">Name und Anschrift des Zuwendenden:
Nord-Naturwerkstein GmbH, Musterweg 1, 23554 Lübeck</td></tr>
<tr><td>Betrag der Zuwendung – in Ziffern –
50.000,00 €</td><td>– in Buchstaben –
fünfzigtausend</td><td>Tag der Zuwendung:
01.04.01</td></tr>
</table>

Anlage 2: Zuwendungsbestätigung des Lübecker Blindenverbandes e. V. (Auszug)

Aussteller (Bezeichnung und Anschrift der steuerbegünstigten Einrichtung) Lübecker Blindenverband e. V.		
Bestätigung über Geldzuwendungen/Mitgliedsbeitrag im Sinne des § 10b des Einkommensteuergesetzes an eine der in § 5 Abs. 1 Nr. 9 des Körperschaftsteuergesetzes bezeichneten Körperschaften, Personenvereinigungen oder Vermögensmassen		
Name und Anschrift des Zuwendenden: Nord-Naturwerkstein GmbH, Musterweg 1, 23554 Lübeck		
Betrag der Zuwendung – in Ziffern – 40.000,00 €	– in Buchstaben – vierzigtausend	Tag der Zuwendung: 01.05.01

Anlage 3: Posten Umsatzerlöse und Posten Personalaufwand der Gewinn- und Verlustrechnung

Umsatzerlöse		1.000.000,00 €
Personalaufwand		554.000,00 €
davon		
– Löhne und Gehälter	498.000,00 €	
– soziale Abgaben und Aufwendungen für Altersversorgung und für Unterstützung	56.000,00 €	

Anlage 4: Strukturierungshilfe „Hinzurechnung der Zuwendungen nach § 8 Nr. 9 GewStG"

Rechtsnorm	Ermittlungsbestandteile	Betrag (in €)
§ 8 Nr. 9 GewStG	Ausgaben im Sinne des ____________	

Anlage 5: Strukturierungshilfen „Kürzung der Zuwendungen nach § 9 Nr. 5 GewStG"

Berechnungsmethode 1 (Beträge in €)	
Gesamtbetrag der geleisteten Zuwendungen laut GuV und Spendenvortrag	
(1) davon steuerbegünstigte Zuwendungen i. S. v. § 10b (1) EStG mit Zuwendungsbestätigung nach § 50 EStDV	
(2) 20 % des – um die Hinzurechnung nach § 8 Nr. 9 GewStG erhöhten – Gewinns aus Gewerbebetrieb	
(3) geringerer Betrag aus (1) und (2) = abziehbare Zuwendungen	

Berechnungsmethode 2 (Beträge in €)	
Gesamtbetrag der geleisteten Zuwendungen laut GuV und Spendenvortrag	
(1) davon steuerbegünstigte Zuwendungen i. S. v. § 10b (1) EStG mit Zuwendungsbestätigung nach § 50 EStDV	
Umsätze	
Löhne und Gehälter	
(2) 4 ‰ der Summe der gesamten Umsätze und der im Kalenderjahr aufgewendeten Löhne und Gehälter	
(3) geringerer Betrag aus (1) und (2) = abziehbare Zuwendungen	

Rechtsnorm	Kürzungstatbestand	Betrag (in €)
§ 9 Nr. 5 GewStG	die aus den Mitteln des Gewerbebetriebs geleisteten ____________________ ____________________ zur Förderung zur steuerbegünstigter Zwecke	(höchstmöglicher Abzug)

Anlage 6: Strukturierungshilfe „Zweck des § 8 Nr. 9 GewStG"

Rechtsnorm	Zweck der Rechtsnorm
§ 8 Nr. 9 GewStG	Durch die Hinzurechnung nach § 8 Nr. 9 GewStG bei Körperschaften erfolgt eine Gleichstellung der ...

Anlage 7: Diverse Rechtsvorschriften

Gesetz	Weblink	QR-Code
§ 8 Nr. 9 GewStG	https://www.gesetze-im-internet.de/gewstg/__8.html	
§ 9 Nr. 5 GewStG	https://www.gesetze-im-internet.de/gewstg/__8.html	

Informieren

- **Machen Sie sich mit der Aufgabenstellung vertraut.**
- **Analysieren Sie, welche Informationen Sie benötigen, um die Ihnen übertragene Aufgabe zu erledigen.**

Planen und entscheiden

Planen Sie Ihre Vorgehensweise bei der Beschaffung der notwendigen Informationen und entscheiden sich begründet für eine oder mehrere Informationsquelle(n).

Durchführen

1. **Ermitteln Sie für die Nord-Naturwerkstein GmbH die gewerbesteuerliche Hinzurechnung der Zuwendungen nach § 8 Nr. 9 GewStG und die gewerbesteuerliche Kürzung der Zuwendungen nach § 9 Nr. 5 GewStG.**
2. **Erläutern Sie für die Geschäftsführung der Nord-Naturwerkstein GmbH kurz den Zweck der Hinzurechnung der Zuwendungen nach § 8 Nr. 9 GewStG.**

Kontrolle **Vergleichen Sie Ihre Ermittlung und Ihre Erläuterung mit den Aufzeichnungen Ihrer Mitschülerinnen und Mitschüler dahingehend, ob sie vollständig, richtig und falls nötig in einer fachgerechten Sprache verfasst sind.**

Bewerten **Überlegen Sie danach, an welchen Stellen Ihre Ermittlung und Erläuterung noch überarbeitet werden müssen, und korrigieren Sie diese falls notwendig.**

Lernsituation 16: Gewerbesteuermessbetrag

Situationsbeschreibung

Die Steuerberaterin Claudia Rekens hat eine weitere E-Mail von der Geschäftsführung der Nord-Naturwerkstein GmbH erhalten und übergibt einen Ausdruck davon an Julia Schuster.

Sehr geehrte Frau Rekens,

könnten Sie mir bitte einen kurzen Überblick über den aktuellen Arbeitsstand bei der Ermittlung der gewerbesteuerlichen Bemessungsgrundlage geben?

Bei dieser Gelegenheit habe ich noch eine weitere Frage: Ich habe heute in einem Fachmagazin für Steuerrecht gelesen, dass das Gewerbesteuergesetz einen Freibetrag vorsieht. Wird dieser auch in unserem Fall gewährt?

Für eine Antwort danke ich Ihnen im Voraus.

Mit freundlichen Grüßen

Clair Pearson

Frau Rekens: *„Ich schlage vor, dass wir als Antwort per E-Mail die Höhe des Steuermessbetrages nachvollziehbar mitteilen. Dafür eignet sich das gesamte Schema, ausgehend von dem Gewinn aus dem Gewerbebetrieb in Höhe von 320.000,00 €, dem Gesamthinzurechnungsbetrag in Höhe von 81.200,00 €, dem Gesamtkürzungsbetrag in Höhe von 84.370,00 € bis hin zum Steuermessbetrag. Beachten Sie dabei auch, dass der vortragsfähige Gewerbeverlust aus dem Vorjahr laut Bescheid 15.750,00 € beträgt. Bitte bereiten Sie eine entsprechende E-Mail an Frau Pearson vor und beantworten Sie darin auch die Frage zum Freibetrag."*

Informationen zum Lösen der Aufgaben zu der Situationsbeschreibung finden Sie im Lehrbuch „Ausbildung zum/zur Steuerfachangestellten, 3. Ausbildungsjahr", in Lernfeld 9 Kapitel 4.8.6.

Anlage 1: Strukturierungshilfe „Schema zur Ermittlung des Gewerbesteuermessbetrages im Jahr 01“

Ermittlung des Steuermessbetrages	Rechtsnorm	Betrag (in €)
Gewinn aus Gewerbebetrieb	§ 7 GewStG	
	§ 8 GewStG	
	§ 9 GewStG	
= maßgebender Gewerbeertrag		
	§ 11 (1) S. 3 Nr. 1 oder 2 GewStG	
		–
= Gewerbesteuermessbetrag		

Anlage 2: Strukturierungshilfe E-Mail an Frau Pearson von der Nord-Naturwerkstein GmbH

Sehr geehrte Frau Pearson,

bezugnehmend auf den Arbeitsstand zur Ermittlung der gewerbesteuerlichen Bemessungsgrundlage haben wir bereits den Gewerbesteuermessbetrag ermittelt. Dieser beträgt ________________.
Der Freibetrag im Sinne von § 11 (1) S. 3 Nr. 1 oder 2 GewStG ________________

____

____

____

____

Für Rückfragen stehen wir gerne zur Verfügung.

Mit freundlichen Grüßen

...

Anlage 3: Diverse Rechtsvorschriften

Gesetz	Weblink	QR-Code
§ 10 GewStG	https://www.gesetze-im-internet.de/gewstg/__10.html	
§ 10a S. 1 GewStG	https://www.gesetze-im-internet.de/gewstg/__10a.html	

Gesetz	Weblink	QR-Code
§ 11 GewStG	https://www.gesetze-im-internet.de/gewstg/__11.html	

Informieren

- **Machen Sie sich mit der Aufgabenstellung vertraut.**
- **Analysieren Sie, welche Informationen Sie benötigen, um die Ihnen übertragene Aufgabe zu erledigen.**

Planen und entscheiden

Planen Sie Ihre Vorgehensweise bei der Beschaffung der notwendigen Informationen und entscheiden sich begründet für eine oder mehrere Informationsquelle(n).

Durchführen

1. **Ermitteln Sie für die Nord-Naturwerkstein GmbH den Steuermessbetrag.**
2. **Bereiten Sie eine E-Mail an die Geschäftsführung der Nord-Naturwerkstein GmbH vor, in der Sie den ermittelten Steuermessbetrag mitteilen. Begründen Sie zudem in dieser E-Mail, ob der gewerbesteuerliche Freibetrag der Nord-Naturwerkstein GmbH zusteht.**

Kontrolle

Vergleichen Sie Ihren ermittelten Steuermessbetrag und Ihre E-Mail mit den Aufzeichnungen Ihrer Mitschülerinnen und Mitschüler dahingehend, ob sie vollständig, richtig und falls nötig in einer fachgerechten Sprache verfasst sind.

Bewerten

Überlegen Sie danach, an welchen Stellen Ihre Ermittlung und Ihre E-Mail noch überarbeitet werden müssen, und korrigieren Sie diese falls notwendig.

Lernsituation 17: Zerlegung des Gewerbesteuermessbetrages

Situationsbeschreibung

Kurz vor dem Abschluss der Ermittlung der Bemessungsgrundlage der Gewerbesteuer unterhält sich die Steuerberaterin Claudia Rekens mit ihrer Auszubildenden Julia Schuster über den nächsten Arbeitsschritt:

Frau Rekens: *„Unsere Arbeit an der Ermittlung der gewerbesteuerlichen Bemessungsgrundlage lief bislang sehr gut. Nun müssen wir den ermittelten Gewerbesteuermessbetrag in Höhe von 10.535,00 € zerlegen bzw. auf Lübeck und Rostock aufteilen."*

Julia Schuster: *„Aufteilen? Stimmt, ich erinnere mich aus dem ersten Ausbildungsjahr, dass die Gewerbesteuer von den Gemeinden erhoben wird – in Falle der Nord-Naturwerkstein GmbH also von zwei Gemeinden. Somit ergibt die Aufteilung des Gewerbesteuermessbetrages einen Sinn."*

Frau Rekens: *„Richtig, zumal die Gemeinden auch unterschiedliche Hebesätze, also Steuersätze haben. Für die Aufteilung werden wir die in der GmbH gezahlten Arbeitslöhne benötigen, weshalb ich Ihnen die entsprechenden Konten bereits zur Verfügung gestellt habe. Unter Beachtung der geleisteten Vorauszahlungen in Lübeck in Höhe von 22.700,00 € und in Rostock in Höhe von 20.000,00 € können wir dann die noch zu bildende Rückstellung für Gewerbesteuer berechnen."*

Informationen zum Lösen der Aufgaben zu der Situationsbeschreibung finden Sie im Lehrbuch „Ausbildung zum/zur Steuerfachangestellten, 3. Ausbildungsjahr", in Lernfeld 9 Kapitel 4.10 und 4.11.

Anlage 1: Konto Geschäftsführergehälter

Konto Geschäftsführergehälter						
Buchung	**Beleg**	**Beschreibung**	**MwSt**	**Soll**	**Haben**	**Saldo**
31.01.01	532431	Pearson (Rostock) GF-Gehalt Januar	0,00 €	6.500,00 €		6.500,00 €
31.01.01	432332	Banks (Lübeck) GF-Gehalt Januar	0,00 €	10.000,00 €		10.000,00 €
...	...	...			...	
						198.000,00 €

Notiz von Frau Rekens:
Die Gehälter der beiden Geschäftsführer **übersteigen** 50.000,00 €.

Anlage 2: Konto Tantiemen

Konto Tantiemen						
Buchung	**Beleg**	**Beschreibung**	**MwSt**	**Soll**	**Haben**	**Saldo**
31.12.01	442021	Tantieme Banks Beschluss 02.01.01	0,00 €	9.000,00 €		9.000,00 €
31.12.01	442022	Tantieme Pearson Beschluss 02.01.01	0,00 €	8.000,00 €		8.000,00 €
31.12.01	442020	Tantieme Banks Beschluss 30.12.01	0,00 €	3.000,00 €		3.000,00 €
						20.000,00 €

Anlage 3: Konto 4100/6000 Löhne und Gehälter (hier: Auszug der Gehälter ohne Tantiemen)

Konto 4100/6000 Löhne und Gehälter						
Buchung	**Beleg**	**Beschreibung**	**MwSt**	**Soll**	**Haben**	**Saldo**
...	...	Gehälter Lübeck	0,00 €	120.000,00 €		120.000,00 €
...	...	Gehälter Rostock	0,00 €	95.200,00 €		95.200,00 €
...	...	Gehälter Azubis Lübeck	0,00 €	39.600,00 €		39.600,00 €
...	...	Gehälter Azubis Rostock	0,00 €	25.200,00 €		25.200,00 €
						280.000,00 €

Notiz von Frau Rekens:
Die Gehälter der einzelnen Arbeitskräfte **übersteigen nicht** 50.000,00 €.

Anlage 4: Strukturierungshilfe „Ermittlung der Arbeitslöhne als Zerlegungsmaßstab“

(Beträge in €)	Rechtsnorm	Lübeck	Rostock	Gesamt
Summe der steuerpflichtigen Vergütungen i. S. d. § 19 (1) Nr. 1 EStG	§ 31 ______ GewStG			
– einmalige Vergütungen	§ 31 (4) S. ____ GewStG			
– Vergütungen, soweit sie bei einzelnen Personen 50.000,00 € übersteigen	§ 31 (4) S. ____ GewStG			
– Vergütungen an Personen in Berufsausbildung	§ 31 ______ GewStG			
+ fiktiver Unternehmerlohn (nicht bei Kapitalgesellschaften)	§ 31 (5) GewStG			
= Arbeitslöhne	§ 31 ______ GewStG			
≈ Arbeitslöhne nach Abrundung auf volle ____________ €	§ 29 ______ GewStG			

Anlage 5: Strukturierungshilfe „Zerlegung des Gewerbesteuermessbetrages und Ermittlung der Gewerbesteuerabschlusszahlungen“

(Beträge in €)	Rechtsnorm	Lübeck	Rostock	Gesamt
Zerlegungsmaßstab in Prozent	§ 29 (1) ______ GewStG			100 %
Anteiliger Gewerbesteuermessbetrag (Zerlegungsanteil)	§ 28 ______ GewStG			
· Gewerbesteuerhebesatz in Prozent	§ 16 GewStG	450 %	465 %	
= Gewerbesteuer				
– Vorauszahlung				
= Gewerbesteuerrückstellung (Nachzahlung)				

Anlage 6: Diverse Rechtsvorschriften

Gesetz	Weblink	QR-Code
§ 28 (1) GewStG	https://www.gesetze-im-internet.de/gewstg/__28.html	

Gesetz	Weblink	QR-Code
§ 29 GewStG	https://www.gesetze-im-internet.de/gewstg/__29.html	
§ 31 GewStG	https://www.gesetze-im-internet.de/gewstg/__31.html	

Informieren

- **Machen Sie sich mit der Aufgabenstellung vertraut.**
- **Analysieren Sie, welche Informationen Sie benötigen, um die Ihnen übertragene Aufgabe zu erledigen.**

Planen und entscheiden

Planen Sie Ihre Vorgehensweise bei der Beschaffung der notwendigen Informationen und entscheiden sich begründet für eine oder mehrere Informationsquelle(n).

Durchführen

1. **Ermitteln Sie die in den beiden Gemeinden gezahlten Arbeitslöhne als Zerlegungsmaßstab nach dem Gewerbesteuergesetz.**
2. **Zerlegen Sie den Gewerbesteuermessbetrag auf die beiden Gemeinden mithilfe des Zerlegungsmaßstabes.**
3. **Berechnen Sie die Gewerbesteuerabschlusszahlungen der Nord-Naturwerkstein GmbH unter Beachtung der geleisteten Vorauszahlungen.**

Kontrolle

Vergleichen Sie Ihre ermittelten Arbeitslöhne, Ihre Zerlegung des Steuermessbetrages und Ihre Gewerbesteuerabschlusszahlung mit den Aufzeichnungen Ihrer Mitschülerinnen und Mitschüler dahingehend, ob sie vollständig, richtig und falls nötig in einer fachgerechter Sprache verfasst sind.

Bewerten

Überlegen Sie danach, an welchen Stellen Ihre Ermittlungen noch überarbeitet werden müssen, und korrigieren Sie diese falls notwendig

Lernfeld 10:

Jahresabschlüsse erstellen und auswerten

Zielbeschreibung:

Die Schülerinnen und Schüler besitzen die Kompetenz, Jahresabschlüsse aufgrund von bestehenden Buchführungen vorzubereiten, Abschlussbuchungen vorzunehmen und Jahresabschlüsse zu erstellen und auszuwerten.

10

Lernlandkarte zu Lernfeld 10: Jahresabschlüsse erstellen und auswerten

Welche Punkte sind bei der Erstellung von Jahresabschlüssen zu beachten?

Lernsituation 1: Checkliste für Jahresabschlüsse

Welche Vorschriften gibt es im Handelsgesetzbuch für den Ansatz und die Bewertung von Vermögensgegenständen?

Lernsituation 2: Ansatz- und Bewertungsvorschriften nach dem Handelsgesetzbuch

Wie werden immaterielle Gegenstände des Anlagevermögens bewertet?

Lernsituation 3: Bewertung des immateriellen Anlagevermögens

Welche Arten von Abschreibungen gibt es und wie funktionieren diese?

Lernsituation 4: Außerplanmäßige Abschreibungen und Teilwertabschreibungen

Wie erfolgt die Bewertung von Vermögensgegenständen im Einzelnen?

Lernsituation 5: Bewertung von Finanzanlagen im Anlagevermögen
Lernsituation 6: Bewertung von Vorräten
Lernsituation 7: Bewertung von Forderungen

Wie und zu welchem Zweck werden Rückstellungen gebildet?

Lernsituation 8: Rückstellungen

Wie sind Verbindlichkeiten zu bewerten, wenn diese in einer Fremdwährung bestehen?

Lernsituation 9: Bewertung von Fremdwährungsverbindlichkeiten

Wozu braucht man zeitliche Abgrenzungen und wie funktionieren diese?

Lernsituation 10: Zeitliche Abgrenzungen

Welche Besonderheiten sind bei der Erstellung des Jahresabschlusses zu beachten?

Lernsituation 11: Erstellung des Jahresabschlusses

Welche Kennzahlen lassen sich aus einem Jahresabschluss ableiten und was sagen diese aus?

Lernsituation 12: Kennzahlen des Jahresabschlusses

Lernsituation 1: Checkliste für Jahresabschlüsse

Situationsbeschreibung

In der Steuerkanzlei Rekens stehen demnächst zahlreiche Jahresabschlussarbeiten für verschiedene Mandantinnen und Mandanten an. Amir Özkan soll hierbei Teile der Arbeitsschritte koordinieren und in diesem Zusammenhang dem Auszubildenden Sven Dinges geeignete Aufgaben übergeben. Als Vorbereitung darauf hat er einige wichtige Punkte in der folgenden E-Mail für Sven Dinges zusammengestellt.

Hallo Sven,

wie in der letzten Arbeitsbesprechung sollst Du ja zukünftig einige Bereiche der Jahresabschlussarbeiten übernehmen. Um Dir den Einstieg in die für Dich noch neue Materie zu erleichtern, gebe ich Dir im Folgenden einige wichtige Hinweise, die Dir den Einstieg erleichtern sollen. Der tatsächliche Jahresabschluss ist natürlich viel umfangreicher und Du wirst mit vielen der erwähnten Arbeiten noch nicht viel anfangen können, dennoch glaube ich, dass Dir die folgende Zusammenstellung hilfreich sein kann. Am besten erstellst du dir eine Checkliste, an der Du Dich später orientieren kannst.

- Als erster vorbereitender Schritt ist immer zu prüfen, für welche Unternehmensform der Jahresabschluss zu erstellen ist. Davon ist abhängig, in welchem Umfang der Jahresabschluss zu erfolgen hat.
- Als nächstes muss geprüft werden, ob alle Mitteilungen zum abgegangenen Anlagevermögen, alle Inventurlisten und Vertragsänderungen (z. B. bei Darlehens- und Leasingverträgen) vorliegen.
- Beim Anlagevermögen ist es außerdem bedeutsam, wie und ob Wahlrechte bei der Aktivierung von Vermögensgegenständen und Abschreibungen vorgenommen wurden. Daher sollte überwacht werden, ob das Anlagevermögen selbst hergestellt wurde und ob GWG-Abschreibungen genutzt wurden.
- Da Wertpapiere im Anlagevermögen ebenfalls „besonders" behandelt werden, solltest du dir alle Depotauszüge von Wertpapieren usw. beschaffen.
- Da das Umlaufvermögen häufig aus vielen gleichartigen Kleinteilen besteht, solltest du prüfen, ob für deren Wertermittlung Bewertungsvereinfachungsverfahren in Betracht kommen.
- Die Forderungen benötigen ebenfalls viel Aufmerksamkeit. Hier ist die Offene-Posten-Liste zu prüfen, zweifelhafte Forderungen sind zu identifizieren und Forderungsausfälle sind festzustellen. Außerdem müssen das Ausfallrisiko und die Pauschalwertberichtigung festgestellt werden.
- Beim Eigenkapital kommt lediglich die Prüfung von Rücklagen infrage.
- Für den Abschluss der Fremdkapitalposten muss der Rückstellungsbedarf geprüft werden. Dazu müssen z. B. Garantieansprüche, Gewerbesteuer und Resturlaub geprüft werden. Zudem muss geprüft werden, ob Fremdwährungsverbindlichkeiten angepasst werden müssen.

Zum Thema Jahresabschlüsse empfehle ich Dir außerdem, dass Du Dir einige Paragrafen im Handelsgesetzbuch genauer durchliest.

Dies sollte als kurzer Überblick reichen, wenn Du all diese Arbeiten erledigen kannst, ist das eine sehr große Hilfe. Solltest du weitere Fragen haben, kannst Du Dich jederzeit melden.

Viele Grüße

Amir

Informationen zum Lösen der Aufgaben zu der Situationsbeschreibung finden Sie im Lehrbuch „Ausbildung zum/zur Steuerfachangestellten, 3. Ausbildungsjahr“, in Lernfeld 10 Kapitel 1.

Anlage 1: Strukturierungshilfe

Checkliste für Jahresabschlüsse
vorbereitende Arbeiten
Anlagevermögen
Umlaufvermögen
Eigenkapital
Fremdkapital

Anlage 2: Handelsgesetzbuch

Gesetz	Weblink	QR-Code
HGB	https://www.gesetze-im-internet.de/hgb/	

Informieren

- **Machen Sie sich mit der Aufgabenstellung vertraut.**
- **Analysieren Sie, welche Informationen Sie benötigen, um die Ihnen übertragene Aufgabe zu erledigen.**

Planen und entscheiden

Planen Sie Ihre Vorgehensweise bei der Beschaffung der notwendigen Informationen und entscheiden sich begründet für eine oder mehrere Informationsquelle(n).

1. Schauen Sie sich die §§ 238 bis 256a, 264 bis 277 sowie 284 bis 288 im Handelsgesetzbuch an.
2. Erstellen Sie anhand der E-Mail von Amir Özkan eine übersichtlich gegliederte Checkliste.

Durchführen

Vergleichen Sie Ihre Aufzeichnungen mit denen Ihrer Mitschülerinnen und Mitschüler dahingehend, ob Ihre Checkliste alle relevanten Punkte enthält.

Kontrolle

Überlegen Sie danach, an welchen Stellen Ihre Checkliste noch verbessert werden könnte.

Bewerten

Lernsituation 2: Ansatz- und Bewertungsvorschriften nach dem Handelsgesetzbuch

Situationsbeschreibung

Nach dem großen Erfolg ihrer YouTube- und Tik-Tok-Kanäle konnte Renate Backes etwas Eigenkapital bilden und hat damit zu Beginn des Jahres ihr eigenes Nähstudio „Renates Nähwerk e.K“ eröffnet. Neben Kursangeboten und Nähtreffen bietet Frau Backes auch Stoffe und andere Nähartikel an. Um etwas Geld zu sparen, wollte Frau Backes vorerst auf eine Steuerberaterin oder einen Steuerberater verzichten. Es zeigte sich jedoch schnell, dass sie mit der großen Nachfrage ihres Kursangebotes sehr stark ausgelastet war, dass sie trotz zweier eingestellter Mitarbeiterinnen keine Zeit mehr hatte, um sich in die komplexe Materie der Jahresabschlüsse einzuarbeiten.
Den letzten Versuch, eine Bilanz selbst zu erstellen, hat Sie nun entnervt aufgegeben. In einer E-Mail an die Steuerkanzlei Rekens hat sie zahlreiche Fragen zusammengestellt und zudem den misslungenen Versuch ihrer selbst erstellten Bilanz als Anhang beigefügt.

Informationen zum Lösen der Aufgaben zu der Situationsbeschreibung finden Sie im Lehrbuch „Ausbildung zum/zur Steuerfachangestellten, 3. Ausbildungsjahr“, in Lernfeld 10 Kapitel 1.8 bis 1.10.

Anlage 1: E-Mail von Renate Backes

Guten Tag Frau Rekens,

wie bereits telefonisch besprochen, sende ich Ihnen im Anhang meine vorläufige Bilanz.

Zu den einzelnen Positionen sind aber noch einige Erläuterungen notwendig:

1. Meine Beteiligung an der „RockWool GmbH" habe ich aus der Bilanz entfernt, da das Unternehmen Insolvenz angemeldet hat.
2. Aus Gründen der besseren Übersicht habe ich meine Forderungen von 4.000,00 € mit meinen Verbindlichkeiten in Höhe von 2.500,00 € verrechnet.
3. Meinen Bestand an Wertpapieren von der „WolléWollé GmbH", die ich vor zwei Jahren gekauft habe, möchte ich im kommenden Wirtschaftsjahr komplett verkaufen, daher habe ich diese im Umlaufvermögen ausgewiesen.
4. Für die Gründung meines Unternehmens zum 01.01.01 habe ich die Notarkosten in Höhe von 5.000,00 € für die Eintragung ins Handelsregister und die Gerichtskosten in Höhe von 1.000,00 € als Geschäfts- und Firmenwert aktiviert und möchte diese über zehn Jahre abschreiben.
5. Bei Unternehmensgründung habe ich meinen Kursraum in das Betriebsvermögen übertragen, damals betrug sein Marktwert 40.000,00 €. Nach einer neuen Schätzung ist dieser nun 45.000,00 € wert, daher habe ich ihn mit aktuellen Wert auch in die Bilanz übernommen.

Ansonsten habe ich noch ein paar kurze Fragen bezüglich der Gewinn- und Verlustrechnung:

1. Ich habe meine Kfz-Versicherung für den 01.07.01 bis zum 30.06.02 komplett für das Jahr 01 als Aufwand gebucht. Ist das richtig so?
2. Den betrieblichen Pkw würde ich gerne im folgenden Jahr degressiv abschreiben und nicht mehr linear.
3. Ich habe einen Auftrag für eine Warenlieferung über 500,00 € erhalten. Die erste Lieferung soll im Februar 02 erfolgen, da ich aber meinen Gewinn etwas aufbessern möchte, würde ich einen Teil der Lieferung bereits dieses Jahr ertragsmäßig erfassen.

Besten Dank für Ihre Rückmeldung.

Freundliche Grüße

Renate Backes

Anlage 2: vorläufige Bilanz von Renate Backes

Aktiva		Bilanz für Renates Nähwerk e. K. zum 31.12.01 in €	Passiva
1. Anlagevermögen		**3. Eigenkapital**	43.500,00
Geschäftsbauten	45.000,00		
Geschäfts- und Firmenwert	5.400,00	**4. Fremdkapital**	
		Langfristige Verbindlichkeiten	56.500,00
2. Umlaufvermögen			
Forderungen	1.500,00		
Beteiligung an WolléWollé GmbH	500,00		
Vorräte	18.000,00		
Bankguthaben	29.600,00		
Summe Aktiva	**100.000,00**	**Summe Passiva**	**100.000,00**

Anlage 3: Diverse Rechtsvorschriften

Gesetz	Weblink	QR-Code
§ 246 (1) und (2) HGB	https://www.gesetze-im-internet.de/hgb/__246.html	
§ 247 HGB	https://www.gesetze-im-internet.de/hgb/__247.html	
§ 248 HGB	https://www.gesetze-im-internet.de/hgb/__248.html	
§ 252 (1) Nr. 4 bis Nr. 6 HGB	https://www.gesetze-im-internet.de/hgb/__252.html	
§ 253 HGB	https://www.gesetze-im-internet.de/hgb/__253.html	

Informieren

- **Machen Sie sich mit der Aufgabenstellung vertraut.**
- **Analysieren Sie, welche Informationen Sie benötigen, um die Ihnen übertragene Aufgabe zu erledigen.**

Planen und entscheiden

Planen Sie Ihre Vorgehensweise bei der Beschaffung der notwendigen Informationen und entscheiden sich begründet für eine oder mehrere Informationsquelle(n).

Durchführen

1. **Überarbeiten Sie die vorläufige Bilanz von Frau Backes und erstellen Sie eine neue Bilanz. Die Anmerkungen zur GuV müssen nicht in der Bilanz beachtet werden.**
2. **Schreiben Sie eine E-Mail an Frau Backes, in der Sie ihr die Änderungen in der Bilanz erklären und auf ihre Fragen zur GuV antworten.**

Kontrolle **Vergleichen Sie Ihre Aufzeichnungen mit denen Ihrer Mitschülerinnen und Mitschüler dahingehend, ob Ihre Bilanzänderungen und Antworten alle relevanten Punkte enthalten.**

Bewerten **Überlegen Sie danach, an welchen Stellen Ihre Bearbeitung noch verbessert werden könnte.**

Lernsituation 3: Bewertung des immateriellen Anlagevermögens

Situationsbeschreibung

Eine weitere Mandantin der Steuerkanzlei Rekens ist die Wertbau und Söhne GmbH. Diese handelt mit Materialien zur Gartengestaltung und Gartenpflege und hat die Chance ergriffen, ein benachbartes Unternehmen, die Flora GmbH, günstig zu übernehmen. Bei der Erstellung der Bilanz ergeben sich jedoch Probleme, die von der Steuerkanzlei Rekens gelöst werden sollen.
Amir Özkan hat einige E-Mail-Anhänge für den Auszubildenden Sven Dinges ausgedruckt und übergibt ihm diese Unterlagen.

Amir Özkan: *„Hallo Sven, ich habe hier einige Unterlagen des neuen Mandanten Wertbau und Söhne GmbH. Der Mandat hat kürzlich das konkurrierende Unternehmen Flora GmbH für 800.000,00 € übernommen und möchte nun zum Jahresende seine Bilanz erstellen. Allerdings gibt es einige Herausforderungen bei der Ermittlung des Geschäfts- und Firmenwertes sowie beim Ansatz eines Patents. Zudem hat die Flora GmbH kurz vor der Übernahme noch ein Patent erworben, das zwar schon bezahlt, aber noch nicht bilanziert wurde. Ich denke, dass du mittlerweile die nötige Expertise hast, um diesen Fall zu übernehmen."*

Sven Dinges: *„Das schaue ich mir gerne mal an."*

Amir Özkan: *„Ich bin mir sicher, dass du dem Mandanten helfen kannst. Vielen Dank im Voraus für deine Unterstützung!"*

Informationen zum Lösen der Aufgaben zu der Situationsbeschreibung finden Sie im Lehrbuch „Ausbildung zum/zur Steuerfachangestellten, 3. Ausbildungsjahr", in Lernfeld 10 Kapitel 1.9.1.

Anlage 1: Bilanz der Flora GmbH zum Zeitpunkt der Übernahme

Aktiva	Bilanz der Flora GmbH zum 31.12.01 in €		Passiva
1. Anlagevermögen		**3. Eigenkapital**	
Sachanlagen	600.000,00	Gezeichnetes Kapital	500.000,00
Immaterielle Vermögenswerte		Gewinnrücklagen	100.000,00
Patent „Dünger2000"	???		
		4. Fremdkapital	
2. Umlaufvermögen		Bankdarlehen	400.000,00
Vorräte	300.000,00	Langfristige Verbindlichkeiten	340.000,00
Forderungen a. LL.	100.000,00		
Bankguthaben	100.000,00		
Summe Aktiva	**???**	**Summe Passiva**	**???**

Anlage 2: Bilanz der Wertbau und Söhne GmbH zum 31.12.01

Aktiva	Bilanz der Wertbau und Söhne GmbH zum 31.12.01 in €		Passiva
1. Anlagevermögen		**3. Eigenkapital**	
Sachanlagen	4.000.000,00	Gezeichnetes Kapital	4.460.000,00
Immaterielle Vermögenswerte		Gewinnrücklagen	1.000.000,00
Patent „CoolTivator X4"	???		
		4. Fremdkapital	
2. Umlaufvermögen		Verbindlichkeiten a. LL.	140.000,00
Vorräte	1.000.000,00	Bankverbindlichkeiten	250.000,00
Forderungen a. LL.	300.000,00	Langfristige Verbindlichkeiten	900.000,00
Bankguthaben	900.000,00		
Summe Aktiva	???	**Summe Passiva**	???

Anlage 3: Strukturierungshilfe „gemeinsame Bilanz der Wertbau und Söhne GmbH nach der Übernahme"

Aktiva	gemeinsame Bilanz der Wertbau und Söhne GmbH zum 31.12.01 in €		Passiva
1. Anlagevermögen		**3. Eigenkapital**	
Sachanlagen		Gezeichnetes Kapital	
Immaterielle Vermögenswerte		Gewinnrücklagen	
Patent „CoolTivator X4"			
Patent „Dünger2000"		**4. Fremdkapital**	
Firmenwert		Bankdarlehen	
		Verbindlichkeiten a. LL.	
2. Umlaufvermögen			
Vorräte			
Forderungen a. LL.			
Bankguthaben			
Summe Aktiva	???	**Summe Passiva**	???

Anlage 4: Kostenübersicht „CoolTivator X4"

Kostenübersicht für das Patent „CoolTivator X4"			
Kostenart	**Betrag (in €)**	**Anteil an den Einzelkosten (in %)**	**Anmerkungen**
gesamte Entwicklungskosten	**550.000,00**		
Materialeinzelkosten	40.000,00		Rohmaterialien für Prototypen und Tests
Materialgemeinkosten	20.000,00	50 %	indirekte Materialkosten (z. B. Lagerung, Transport)
Fertigungseinzelkosten	350.000,00		Kosten für die Herstellung, Maschinen und Arbeitskräfte
Fertigungsgemeinkosten	100.000,00	28,57 %	indirekte Fertigungskosten (z. B. Maschinenkosten, Instandhaltung)
Verwaltungsgemeinkosten	40.000,00	7,84 %	Kosten für Buchhaltung, Büromaterial, IT und Gehälter

Forschungskosten: Kosten für Tests, Prototypenbau und Anpassungen 470.000,00 €

Gesamtkostenübersicht		
Kostenart	**Betrag (in €)**	**Gesamtkosten (in %)**
Entwicklungskosten	550.000,00	53,92 %
Forschungskosten	470.000,00	46,08 %
Gesamtkosten	**1.020.000,00**	**100 %**

Anlage 5: Kaufvertag Patent „Dünger2000" (Auszug)

Kaufvertrag

zwischen

Pflanzenwerkstatt e. K.
Blumenweg 2
20095 Hamburg
HRA 67890, Amtsgericht Hamburg
Inhaber: Erika Blüten
(nachfolgend als Verkäuferin bezeichnet)

und

Flora GmbH
Musterstraße 1
20095 Hamburg
HRB 12345, Amtsgericht Hamburg
(nachfolgend als Käuferin bezeichnet)

Präambel
Die Pflanzenwerkstatt e. K. ist Inhaberin des Patents „Dünger2000", das die Herstellung von Pflanzendünger betrifft. Die Flora GmbH ist an dem Erwerb dieses Patents interessiert.

§ 1 Vertragsgegenstand
Die Pflanzenwerkstatt e. K. verkauft hiermit an die Flora GmbH das Patent „Dünger2000" zur Herstellung von Pflanzendünger.

§ 2 Kaufpreis
Der Kaufpreis für das Patent beträgt
240.000,00 € (in Worten: zweihundertvierzigtausend Euro).

§ 3 Zahlungsmodalitäten
1. Der Kaufpreis ist innerhalb von 14 Tagen nach Unterzeichnung dieses Vertrages auf das folgende Konto Pflanzenwerkstatt e. K. zu überweisen:
   Kontoinhaber: Pflanzenwerkstatt e. K.
   IBAN: DE12 3456 7890 1234 5678 99
   BIC: ABCDDEFFXXX
2. Bei verspäteter Zahlung behält sich die Pflanzenwerkstatt e. K. das Recht vor, Verzugszinsen in Höhe von 5 % über dem Basiszinssatz zu verlangen.

§ 4 Gültigkeit
Das Patent ist für zehn Jahre geschützt.

Hamburg, den 20.12.01

Anlage 6: Diverse Rechtsvorschriften

Gesetz	Weblink	QR-Code
§ 248 (2) HGB	https://www.gesetze-im-internet.de/hgb/__248.html	

Gesetz	Weblink	QR-Code
§ 255 (2a) HGB	https://www.gesetze-im-internet.de/hgb/__255.html	
§ 266 HGB	https://www.gesetze-im-internet.de/hgb/__266.html	
§ 5 (2) EStG	https://www.gesetze-im-internet.de/estg/__5.html	
§ 6 EStG	https://www.gesetze-im-internet.de/estg/__6.html	

Informieren

- **Machen Sie sich mit der Aufgabenstellung vertraut.**
- **Analysieren Sie, welche Informationen Sie benötigen, um die Ihnen übertragene Aufgabe zu erledigen.**

Planen und entscheiden

Planen Sie Ihre Vorgehensweise bei der Beschaffung der notwendigen Informationen und entscheiden sich begründet für eine oder mehrere Informationsquelle(n).

Durchführen

1. **Erstellen Sie eine gemeinsame Bilanz der Wertbau und Söhne GmbH. Ermitteln Sie dazu den Geschäfts- oder Firmenwert und aktivieren Sie diesen vorschriftsgemäß.**
2. **Beraten Sie den Mandanten hinsichtlich des steuer- und handelsbilanziellen Ansatzes der Patente und aktivieren Sie diese entsprechend.**
3. **Verbuchen Sie das Patent für den „Cooltivator X4“ und nehmen Sie entsprechende Änderungen in der Bilanz vor**

Kontrolle

Vergleichen Sie Ihre Aufzeichnungen mit denen Ihrer Mitschülerinnen und Mitschüler dahingehend, ob Ihre Bilanz, Ihre Ausführungen und ihre Buchungen alle relevanten Punkte enthalten.

Bewerten

Überlegen Sie danach, an welchen Stellen Ihre Bearbeitung noch verbessert werden könnte.

Lernsituation 4: Außerplanmäßige Abschreibungen und Teilwertabschreibungen

Situationsbeschreibung

Sven Dinges, Auszubildender der Steuerkanzlei Rekens, bespricht mit seinem Kollegen Amir Özkan wie jeden Tag aktuelle Fragen und Probleme.

Sven Dinges: *„Ich habe jetzt verstanden, dass die grundsätzliche Bewertungsgrundlage für Anlagevermögen die Anschaffungs- oder Herstellungskosten sind, und dass man Gegenstände planmäßig abschreibt, zum Beispiel linear. Aber was passiert, wenn die Gegenstände nicht nur durch Abnutzung an Wert verlieren, sondern aus anderen Gründen, also wenn sie zum Beispiel beschädigt werden oder der Marktwert plötzlich sinkt?"*

Amir Özkan: *„Gute Frage, Sven. Da kommen die sogenannten außerplanmäßigen Abschreibungen ins Spiel, zumindest im Handelsrecht. Stell dir vor, ein Vermögensgegenstand verliert unerwartet stark an Wert, sei es durch eine Beschädigung, eine technologische Veralterung oder weil der Marktwert einbricht. Dann muss man den niedrigeren Wert ansetzen – das nennt man außerplanmäßige Abschreibung."*

Sven Dinges: *„Ah, ich verstehe. Und das gilt nur fürs Handelsrecht?"*

Amir Özkan: *„Ja, im Handelsrecht greift da das Niederstwertprinzip, speziell beim Anlagevermögen, wenn die Wertminderung voraussichtlich dauerhaft ist, musst du eine außerplanmäßige Abschreibung vornehmen. Du findest das im § 253 (3) HGB. Für das Steuerrecht gibt es etwas Vergleichbares, das nennt sich Teilwertabschreibung. Hier kannst du Vermögensgegenstände auf den sogenannten Teilwert abschreiben, wenn sie nachhaltig an Wert verloren haben. Das ist in § 6 (1) Nr. 1 S. 2 EStG geregelt."*

Sven Dinges: *„Also ähnlich, aber im Steuerrecht braucht es eine dauerhafte Wertminderung?"*

Amir Özkan: *„Ganz genau, im Steuerrecht muss der Wertverlust dauerhaft und voraussichtlich von längerer Dauer sein. Im Handelsrecht kannst du auch schon bei kurzfristigen Wertminderungen abschreiben, zum Beispiel bei Finanzanlagen. Aber im Steuerrecht ist man da strenger, um das Steuersubstrat zu schützen."*

Sven Dinges: *„Okay, ich denke, ich habe es begriffen. Aber hast du vielleicht einen konkreten Fall, an dem ich das mal in der Praxis anschauen kann?"*

Amir Özkan: *„Perfekt, dass du fragst. Ich leite dir gleich eine E-Mail weiter, in der ein konkreter Fall behandelt wird. Da geht es um eine Maschine, die durch einen Marktverfall im Preis gesunken ist. Schau dir das mal an und versuche, eine Lösung zu erarbeiten. Wenn du Fragen hast, komm einfach auf mich zu."*

Sven Dinges: *„Super, danke! Ich freue mich, das anzuwenden."*

Amir Özkan: *„Kein Problem, viel Erfolg damit. Die Details kommen gleich per E-Mail."*

Informationen zum Lösen der Aufgaben zu der Situationsbeschreibung finden Sie im Lehrbuch „Ausbildung zum/zur Steuerfachangestellten, 3. Ausbildungsjahr", in Lernfeld 10 Kapitel 1.9.2.

Anlage 1: E-Mail von Amir Özkan

Hallo Sven,

ich habe hier einen Fall der Maschinenbau Dexheimer GmbH, den ich gerne wie besprochen an Dich weitergeben möchte, um Dein Verständnis im Bereich der außerplanmäßigen Abschreibung und der Teilwertabschreibung zu vertiefen. Es geht um eine Maschine, bei der der Mandant sich unsicher ist, ob aufgrund eines starken Marktwertverlusts eine außerplanmäßige Abschreibung nach Handelsrecht oder eine Teilwertabschreibung nach Steuerrecht möglich ist.

Hintergrund:
Die Maschinenbau Dexheimer GmbH hat im Januar 01 eine spezielle Produktionsmaschine für 100.000,00 € angeschafft. Diese wird planmäßig linear über zehn Jahre abgeschrieben. Im Rahmen der Jahresabschlussarbeiten für das Geschäftsjahr 04 hat uns der Mandant darauf hingewiesen, dass die Maschine aufgrund eines technologischen Fortschritts massiv an Marktwert verloren hat. Der Grund liegt darin, dass neue Maschinen auf dem Markt eine deutlich höhere Effizienz bieten, was dazu führt, dass der aktuelle Marktwert der bestehenden Maschine nur noch 40.000,00 € beträgt.

Der Mandant fragt nun, ob eine außerplanmäßige Abschreibung im Handelsrecht auf den aktuellen Marktwert vorgenommen werden kann und ob das auch steuerlich im Rahmen einer Teilwertabschreibung berücksichtigt werden kann.

Der Mandant benötigt möglichst bald Rückmeldung, da er den Jahresabschluss finalisieren möchte. Falls Du dazu Fragen hast, stehe ich Dir gern zur Verfügung.

Vielen Dank für deine Unterstützung!

Beste Grüße

Amir

Anlage 2: Diverse Rechtsvorschriften

Gesetz	Weblink	QR-Code
§ 253 (3) HGB	https://www.gesetze-im-internet.de/hgb/__253.html	
§ 6 (1) Nr. 1 S. 2 EStG	https://www.gesetze-im-internet.de/estg/__6.html	

- **Machen Sie sich mit der Aufgabenstellung vertraut.**
- **Analysieren Sie, welche Informationen Sie benötigen, um die Ihnen übertragene Aufgabe zu erledigen.**

Informieren

Planen Sie Ihre Vorgehensweise bei der Beschaffung der notwendigen Informationen und entscheiden sich begründet für eine oder mehrere Informationsquelle(n).

Planen und entscheiden

Durchführen

Beraten Sie den Mandanten hinsichtlich
1. der Zulässigkeit einer außerplanmäßigen Abschreibung gemäß § 253 (3) HGB und
2. der Teilwertabschreibung nach § 6 (1) Nr. 1 S. 2 EStG.
3. Nehmen Sie alle erforderlichen handelsrechtlichen Buchungen vor.

Kontrolle

Vergleichen Sie Ihre Aufzeichnungen mit denen Ihrer Mitschülerinnen und Mitschüler dahingehend, ob Ihre Aussagen zu den Abschreibungen und ihre Buchungen alle relevanten Punkte enthalten.

Bewerten

Überlegen Sie danach, an welchen Stellen Ihre Bearbeitung noch verbessert werden könnte.

Lernsituation 5: Bewertung von Finanzanlagen im Anlagevermögen

Situationsbeschreibung

Nachdem die Fragen zu den immateriellen Vermögensgegenständen (siehe hierzu Lernsituation 3) geklärt wurden, hat Herr Wertbau noch einige Fragen zum Ansatz seiner Wertanlagen. Er meldet sich telefonisch bei der Steuerkanzlei Rekens, um Rücksprache bezüglich des Verfahrens zu halten. Sven Dinges, der sich mit den Unterlagen der Wertbau und Söhne GmbH bereits intensiv befasst hat, nimmt das Gespräch entgegen.

Sven Dinges: *„Guten Tag Herr Wertbau. Hier ist Sven Dinges von der Steuerkanzlei Rekens. Wie kann ich Ihnen heute helfen?"*

Gustav Wertbau: *„Hallo Herr Dinges. Ich habe gerade eine Übersicht über mein Aktienportfolio von meiner Bank erhalten, und ich bin mir nicht sicher, wie ich damit in der Steuer- und Handelsbilanz umgehen soll."*

Sven Dinges: *„Das verstehe ich. Es ist wichtig, dass wir die steuerlichen und bilanziellen Auswirkungen Ihrer Aktien im Blick haben. Können Sie mir sagen, wie Ihr Gewinn aussehen soll?"*

Gustav Wertbau: *„Nun, ich möchte einen kleinen Gewinn ausweisen, da ich für das nächste Jahr mehr Liquidität benötige. Ich plane, in ein neues Projekt zu investieren, und dafür brauche ich die Mittel."*

Sven Dinges: *„Das ist nachvollziehbar. Wir können das so gestalten, dass wir den Gewinn entsprechend anpassen, um Ihre Liquiditätsanforderungen zu erfüllen. Ich werde mich darum kümmern und Ihnen eine Strategie vorschlagen."*

Gustav Wertbau: *„Das klingt gut, danke. Ich wäre Ihnen sehr dankbar, wenn Sie das für mich übernehmen könnten. Den Portfoliobericht meiner Bank schicke ich Ihnen gleich noch per E-Mail."*

Sven Dinges: *„Kein Problem, Herr Wertbau. Ich werde mich zeitnah bei Ihnen melden, um die Details zu besprechen."*

Informationen zum Lösen der Aufgaben zu der Situationsbeschreibung finden Sie im Lehrbuch „Ausbildung zum/zur Steuerfachangestellten, 3. Ausbildungsjahr", in Lernfeld 10 Kapitel 1.10.

Anhang 1: Portfoliobericht Hippo Bank

Kunde: Gustav Wertbau
Bericht von: Matthias Weigert
Datum: 31.12.01

Portfoliobestand von Gustav Wertbau zum 31.12.01								
Aktie	**Anzahl der Aktien**	**Kaufdatum**	**Kaufpreis**	**aktueller Preis**	**Gesamtwert Kauf**	**Provisionskosten (0,5 %)**	**Gesamtwert inkl. Provision**	**aktueller Gesamtwert**
Südland AG	1 000	05.06.02	60,00 €	65,00 €	60.000,00 €	300,00 €	60.300,00 €	65.000,00 €
Haller AG	1 000	01.01.01	20,00 €	15,00 €	20.000,00 €	100,00 €	20.100,00 €	15.000,00 €
Gesamt	**2 000**				**80.000,00 €**			**80.000,00 €**

Zusammenfassende Prognose

Südland AG
Die Südland AG zeigt eine starke Kursentwicklung mit einem aktuellen Wert von 65,00 € pro Aktie, was einem Anstieg von 5,00 € seit dem Kauf entspricht. Die Aktie bleibt stabil und wird voraussichtlich weiterhin im Wert steigen, da das Unternehmen in einem wachsenden Markt tätig ist und positive Geschäftsaussichten hat. Das von Ihnen angestrebte langfristige Halten der Aktie sollte forciert werden.

Haller AG
Die Haller AG hat in letzter Zeit einen Kurssturz auf 15,00 € pro Aktie erlebt. Dieser Rückgang ist auf schlechte Zuliefererbedingungen zurückzuführen, die mittlerweile behoben wurden. Es wird erwartet, dass sich der Kurs bald erholen wird, da die Fundamentaldaten des Unternehmens weiterhin stabil sind und die Nachfrage nach den Produkten der Haller AG voraussichtlich steigen wird. Eine Kurssteigerung auf das Niveau vor dem Rückgang (ca. 20,00 €) ist realistisch.

Fazit
Insgesamt zeigt Ihr Portfolio eine gemischte Performance. Während die Südland AG stabil bleibt und sich gut entwickelt, gibt es für die Haller AG positive Anzeichen für eine zukünftige Erholung. Eine Anpassung des Portfolios könnte in Erwägung gezogen werden, je nach weiteren Entwicklungen in den nächsten Monaten.

Für weitere Informationen oder eine persönliche Beratung stehen wir Ihnen jederzeit gerne zur Verfügung.

Mit freundlichen Grüßen

Matthias Weigert

Hippo Bank

Anlage 2: Diverse Rechtsvorschriften

Gesetz	Weblink	QR-Code
§ 253 (1), (3) und (5) HGB	https://www.gesetze-im-internet.de/hgb/__253.html	

Gesetz	Weblink	QR-Code
§ 3c (2) EStG	https://www.gesetze-im-internet.de/estg/__3c.html	
§ 6 (1) Nr. 1 und 2 EStG	https://www.gesetze-im-internet.de/estg/__6.html	

Informieren

- **Machen Sie sich mit der Aufgabenstellung vertraut.**
- **Analysieren Sie, welche Informationen Sie benötigen, um die Ihnen übertragene Aufgabe zu erledigen.**

Planen und entscheiden

Planen Sie Ihre Vorgehensweise bei der Beschaffung der notwendigen Informationen und entscheiden sich begründet für eine oder mehrere Informationsquelle(n).

Durchführen

1. **Entwerfen Sie für den Mandanten eine E-Mail, in der Sie in einer mandantengerechten Sprache erläutern, wie die Aktien wertmäßig zu erfassen sind.**
2. **Nehmen Sie alle notwendigen Buchungen vor.**

Kontrolle

Vergleichen Sie Ihre Aufzeichnungen mit denen Ihrer Mitschülerinnen und Mitschüler dahingehend, ob Ihre E-Mail und ihre Buchungen alle relevanten Punkte enthalten.

Bewerten

Überlegen Sie danach, an welchen Stellen Ihre Bearbeitung noch verbessert werden könnte.

Lernsituation 6: Bewertung von Vorräten

Situationsbeschreibung

Bei der Durchsicht der Unterlagen für den Jahresabschluss der Wertbau und Söhne GmbH hat Amir Özkan festgestellt, dass zwei Positionen der Lagerkartei noch nicht bewertet wurden. Er druckt die Unterlagen aus und übergibt diese an den Auszubildenden Sven Dinges.

Amir Özkan: *„Hallo Sven. Ich habe gerade die Lagerkartei der Wertbau und Söhne GmbH durchgesehen und dabei festgestellt, dass zwei Warenbestände noch nicht abschließend bewertet wurden."*

Sven Dinges: *„Ich habe sowas bislang noch nicht gemacht, aber Julia Schuster kennt sich damit aus. Sie wird mir sicher erklären, auf was ich zu achten habe."*

Amir Özkan: *„Na prima, dann sprich mit Julia und kümmere Dich darum. Die Daten habe ich Dir schon einmal ausgedruckt."*

Sven Dinges: *„Alles klar, ich kümmere mich heute noch darum."*

Informationen zum Lösen der Aufgaben zu der Situationsbeschreibung finden Sie im Lehrbuch „Ausbildung zum/zur Steuerfachangestellten, 3. Ausbildungsjahr", in Lernfeld 10 Kapitel 2.2.

Anhang 1: Lagerkartei der Zaunelemente Royal (Auszug)

Lagerkartei der Zaunelemente Royal					
Datum	**Anzahl der Elemente**	**Kosten pro Element**	**Gesamtkosten**	**Marktwert pro Element**	**Bilanzansatz**
05.05.00	1 000	300,00 €	300.000,00 €	–	–
31.12.00	600	300,00 €	...	250,00 €	150.000,00 €
31.12.01	200	300,00 €	...	350,00 €	

Anhang 2: Lagerkartei der Verbindungsstücke für die Zaunelemente Royal (Auszug)

Lagerkartei der Verbindungsstücke für die Zaunelemente Royal			
Datum	**Abgänge/Zugänge**	**Menge in Stück**	**Preis pro Stück**
01.01.01	Anfangsbestand	1 600	0,50 €
03.04.01	Zugang	3 500	0,47 €
15.05.01	Abgang	2 000	
21.08.01	Zugang	2 800	0,45 €
15.09.01	Abgang	2 500	
27.12.01	Zugang	3 000	0,48 €
30.12.01	Abgang	3 400	

Anhang 3: Verlauf des Marktpreises für Verbindungsstücke für die Zaunelemente Royal

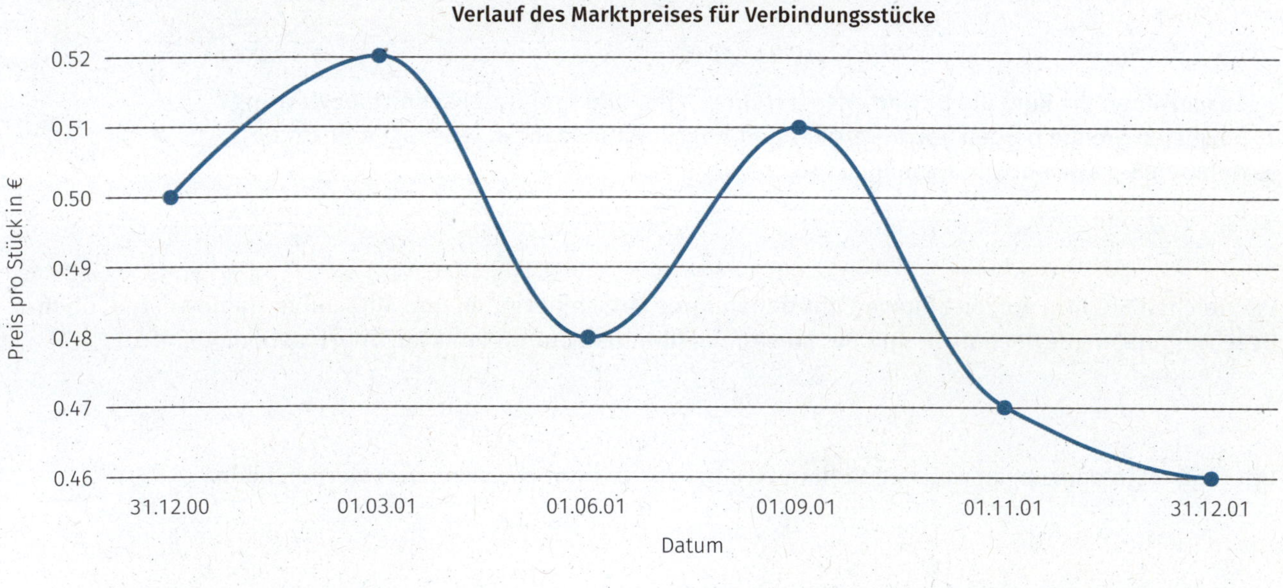

Anlage 4: Diverse Rechtsvorschriften

Gesetz	Weblink	QR-Code
§ 253 (4) und (5) HGB	https://www.gesetze-im-internet.de/hgb/__253.html	
§ 240 (4) HGB	https://www.gesetze-im-internet.de/hgb/__240.html	
§ 256 HGB	https://www.gesetze-im-internet.de/hgb/__256.html	
§ 6 (1) EStG	https://www.gesetze-im-internet.de/estg/__6.html	

Informieren

- **Machen Sie sich mit der Aufgabenstellung vertraut.**
- **Analysieren Sie, welche Informationen Sie benötigen, um die Ihnen übertragene Aufgabe zu erledigen.**

Planen und entscheiden

Planen Sie Ihre Vorgehensweise bei der Beschaffung der notwendigen Informationen und entscheiden sich begründet für eine oder mehrere Informationsquelle(n).

Durchführen

1. **Beschreiben Sie kurz die Bewertungsverfahren Fifo, Lifo und Durchschnittsbewertung**
2. **Bewerten Sie die beiden Vorratsartikel und begründen Sie Ihren jeweiligen Ansatz.**
3. **Nehmen Sie alle notwendigen Buchungen vor**

Kontrolle

Vergleichen Sie Ihre Aufzeichnungen mit denen Ihrer Mitschülerinnen und Mitschüler dahingehend, ob Ihre Beschreibungen, Bewertungen und Buchungen in allen relevanten Punkten übereinstimmen.

Bewerten

Überlegen Sie danach, an welchen Stellen Ihre Bearbeitung noch verbessert werden könnte.

Lernsituation 7: Bewertung von Forderungen

Situationsbeschreibung

Gustav Wertbau, Geschäftsführer der Wertbau und Söhne GmbH, ruft in der Steuerkanzlei Rekens an und verlangt nach Amir Özkan.

Gustav Wertbau: *„Guten Tag Herr Özkan, hier spricht Gustav Wertbau. Heute habe ich ein dringendes Anliegen."*

Amir Özkan: *„Guten Tag, Herr Wertbau. Was kann ich für Sie tun?"*

Gustav Wertbau: *„Ich mache mir Sorgen um meine Forderungen. Einige meiner Geschäftspartner sind insolvent gegangen und ich fürchte, dass ich auf einigen Rechnungen sitzen bleibe. Wie gehe ich in solch einem Fall vor?"*

Amir Özkan: *„Zunächst einmal tut es mir leid, von Ihren Schwierigkeiten zu hören, Herr Wertbau. Uneinbringliche Forderungen, also Forderungen, bei denen klar ist, dass sie nicht mehr bezahlt werden, müssen Sie in Ihrer Buchführung ausbuchen. Sie mindern damit Ihren Gewinn und reduzieren somit Ihre Steuerlast. Für zweifelhafte Forderungen, bei denen noch unklar ist, ob sie bezahlt werden, sollten Sie eine Wertberichtigung vornehmen. Dies bedeutet, dass Sie einen Betrag zurückstellen, der Ihrer Einschätzung der möglichen Ausfälle entspricht. Für eine Vielzahl kleinerer Forderungen gibt es die Möglichkeit einer Pauschalwertberichtigung. Dies bedeutet, dass Sie einen bestimmten Prozentsatz Ihrer Forderungen zurückstellen, um mögliche Ausfälle abzudecken."*

Gustav Wertbau: *„Das klingt alles sehr kompliziert. Es gibt noch einige Forderungen, die ich zum Jahresabschluss bewerten und verbuchen muss..."*

Amir Özkan: *„Verstehe, Herr Wertbau. Keine Sorge, ich kümmere mich darum. Ich werde die notwendigen Schritte einleiten, um Ihre Forderungen korrekt zu bewerten und zu verbuchen. Ich halte Sie auf dem Laufenden."*

Gustav Wertbau: *„Das beruhigt mich. Vielen Dank für Ihre Hilfe."*

Informationen zum Lösen der Aufgaben zu der Situationsbeschreibung finden Sie im Lehrbuch „Ausbildung zum/zur Steuerfachangestellten, 3. Ausbildungsjahr", in Lernfeld 10 Kapitel 2.2.2.

Anhang 1: Forderungsübersicht der Wertbau und Söhne GmbH

Forderungsübersicht der Wertbau und Söhne GmbH zum 31.12.01						
Geschäfts-partner	**Forderungs-betrag**	**enthaltene Umsatzsteuer**	**Fälligkeits-datum**	**Tage überfällig**	**voraussichtlicher Forderungsausfall**	**bereinigter Forderungswert**
Wolf GmbH	29.750,00 €	19 %	01.12.01	30	? %	29.750,00 €
Steinmetz GmbH	23.800,00 €	19 %	01.01.02	2		23.800,00 €
Grundbau UG	35.700,00 €	19 %	15.01.01	16		35.700,00 €
Hochbau24 AG	11.900,00 €	19 %	30.01.02	31	60 %	4.760,00 €
Immobilien-Projekte e. K.	5.950,00 €	19 %	30.01.02	31		5.950,00 €
Hüsli-Bau Schweiz	10.000,00 €	0 % (steuerfreie Auslands-forderung)	30.01.02	31		10.000,00 €
Gesamt	**117.100,00 €**					**109.960,00 €**

Anhang 2: Auszug aus dem Bundesanzeiger

Amtsgericht Hamburg – Insolvenzabteilung

Bekanntmachung

In dem Insolvenzantragsverfahren der Wolf GmbH, ansässig in Hamburg, wurde der Antrag auf Eröffnung des Insolvenzverfahrens mangels Masse abgelehnt.

Die Kosten des Verfahrens und die Auslagen des vorläufigen Insolvenzverwalters sind aus der Insolvenzmasse nicht gedeckt. Daher hat das Amtsgericht Hamburg die Eröffnung des Insolvenzverfahrens gemäß § 26 InsO abgelehnt.

Gläubiger der Wolf GmbH werden darauf hingewiesen, dass ihre Forderungen in diesem Verfahren nicht mehr geltend gemacht werden können.

Hamburg, 27.11.01

Anhang 3: E-Mail des Insolvenzverwalters Fuhrmann

Betreff: Insolvenzverfahren gegen Hochbau24 AG – Insolvenzquote

Sehr geehrter Herr Wertbau,

ich möchte Sie darüber informieren, dass das Insolvenzverfahren gegen die Hochbau24 AG nun offiziell eröffnet wurde.

Als Insolvenzverwalter bin ich damit beauftragt, das verfügbare Vermögen zu liquidieren und die Erlöse an die Gläubiger zu verteilen.

Nach sorgfältiger Prüfung der finanziellen Situation der Hochbau24 AG und der Höhe der gesamten Forderungen kann ich Ihnen mitteilen, dass die voraussichtliche Insolvenzquote bei 40 % liegt.

Dies bedeutet, dass Sie voraussichtlich 40 % Ihrer gesamten Forderungen gegen die Hochbau24 AG erhalten werden.

Ich werde Sie weiterhin über den Fortschritt des Verfahrens informieren und stehe Ihnen für alle weiteren Fragen zur Verfügung.

Mit freundlichen Grüßen

Arnold Fuhrmann
Insolvenzverwalter

Anlage 4: Diverse Rechtsvorschriften

Gesetz	Weblink	QR-Code
§ 253 (1) HGB	https://www.gesetze-im-internet.de/hgb/__253.html	

Gesetz	Weblink	QR-Code
§ 252 (1) Nr. 4 HGB	https://www.gesetze-im-internet.de/hgb/__252.html	
§ 6 (1) Nr. 2 EStG	https://www.gesetze-im-internet.de/estg/__6.html	
§ 17 (2) Nr. 1 UStG	https://www.gesetze-im-internet.de/ustg_1980/__17.html	

Informieren

- **Machen Sie sich mit der Aufgabenstellung vertraut.**
- **Analysieren Sie, welche Informationen Sie benötigen, um die Ihnen übertragene Aufgabe zu erledigen.**

Planen und entscheiden

Planen Sie Ihre Vorgehensweise bei der Beschaffung der notwendigen Informationen und entscheiden sich begründet für eine oder mehrere Informationsquelle(n).

Durchführen

1. **Bewerten Sie die Forderung gegenüber der Wolf GmbH**
2. **Bewerten Sie die Forderung gegenüber der Hochbau24 AG**
3. **Berechnen Sie den Wert der Pauschalwertberichtigung.**
4. **Nehmen Sie alle notwendigen Buchungen vor und beachten Sie hierbei auch die Umsatzsteuer.**

Kontrolle

Vergleichen Sie Ihre Aufzeichnungen mit denen Ihrer Mitschülerinnen und Mitschüler dahingehend, ob Ihre Bewertungen, Berechnungen und Buchungen in allen relevanten Punkten übereinstimmen.

Bewerten

Überlegen Sie danach, an welchen Stellen Ihre Bearbeitung noch verbessert werden könnte.

Lernsituation 8: Rückstellungen

Situationsbeschreibung

Johannes Geßner, ein neuer Mandant der Steuerkanzlei Rekens, meldet sich telefonisch bei der Steuerfachangestellten Maja Hofmann.

Johannes Geßner: *„Guten Tag Frau Hoffmann. Hier spricht Johannes Geßner."*

Maja Hoffmann: *„Guten Tag Herr Geßner. Wie kann ich Ihnen helfen?"*

Johannes Geßner: *„Ich habe eine Frage zu der Verbuchung und dem Ansatz von Rückstellungen. Ich habe kürzlich eine Gewerbesteuernachzahlung erhalten und bin mir nicht sicher, wie diese mit den Rückstellungen, die wir Anfang des Jahres gemacht haben, zu verrechnen ist."*

Maja Hoffmann: *„Ja, gerne helfe ich Ihnen dabei. Wie hoch waren die Rückstellungen?"*

Johannes Geßner: *„Die Rückstellungen, die wir Anfang des Jahres gebucht haben, belaufen sich auf 8.000,00 €."*

Maja Hoffmann: *„In diesem Fall würden Sie die Rückstellung in Höhe von 8.000,00 € auflösen und gegen die Gewerbesteuerschuld buchen. Die Differenz müssten Sie dann zusätzlich als Aufwand verbuchen."*

Johannes Geßner: *„Ah, das ergibt einen Sinn. Danke für die Erklärung. Ich habe noch eine weitere Frage. Mir ist aufgefallen, dass eine Rechnung für die Instandsetzung des Lagerdaches zwar bezahlt wurde, die Rückstellung aber immer noch in der Bilanz steht. Die Rechnung resultiert aus einem Schaden, der zwar im Vorjahr entstanden war, in diesem Jahr aber erst repariert werden konnte."*

Maja Hoffmann: *„Das sollte natürlich nicht der Fall sein. Wenn die Rechnung bezahlt wurde, sollte die Rückstellung aufgelöst und gegen die entsprechenden Aufwendungen gebucht werden. Ich werde das prüfen und korrigieren."*

Johannes Geßner: *„Das wäre großartig, Frau Hoffmann. Ich danke Ihnen für Ihre Hilfe."*

Maja Hoffmann: *„Sehr gerne, Herr Geßner. Ich kümmere mich darum und melde mich, sobald ich Neuigkeiten habe."*

Johannes Geßner: *„Vielen Dank, Frau Hoffmann. Ich wünsche Ihnen noch einen schönen Tag."*

Maja Hoffmann: *„Ihnen auch Herr Geßner. Auf Wiederhören."*

Johannes Geßner: *„Auf Wiederhören Frau Hoffmann."*

Informationen zum Lösen der Aufgaben zu der Situationsbeschreibung finden Sie im Lehrbuch „Ausbildung zum/zur Steuerfachangestellten, 3. Ausbildungsjahr", in Lernfeld 10 Kapitel 2.3.

Anhang 1: Gewerbesteuerbescheid

Finanzamt Hamburg-Mitte
St.-Pauli-Deich 5
20359 Hamburg

Hamburg, den 15.03.02

Johannes Geßner e. K.
Mauserstraße 123
20095 Hamburg

Steuernummer: 123/456/78910

Betrifft: Bescheid zur Gewerbesteuernachzahlung

Sehr geehrter Herr Geßner,

nach Prüfung Ihrer Gewerbesteuererklärung für das Jahr 01 teilen wir Ihnen mit, dass eine Nachzahlung in Höhe von 12.000,00 € fällig ist.
Die Berechnung setzt sich wie folgt zusammen:

Gewerbeertrag:	**500.000,00 €**
Gewerbesteuermessbetrag:	**17.500,00 €**
Hebesatz:	**470 %**
Gewerbesteuer:	**12.000,00 €**
bereits geleistete Vorauszahlungen:	**0,00 €**
verbleibende Nachzahlung:	**12.000,00 €**

Bitte überweisen Sie den Betrag von 12.000,00 € bis zum 30.04.02 auf das folgende Konto:

Kontoinhaber: Finanzamt Hamburg-Mitte
Bank: Bundesbank Hamburg
IBAN: DE00 2000 0000 0020 0015 41
BIC: MARKDEF1200
Verwendungszweck: Steuernummer 123/456/78910, Gewerbesteuernachzahlung 01

Sollten Sie Fragen zu diesem Bescheid haben, stehen wir Ihnen gerne zur Verfügung.

Mit freundlichen Grüßen

Ihr Finanzamt Hamburg-Mitte

Anhang 2: Rechnung Dachdeckerei Dogan

Dachdeckerei Dogan
Musterstraße 45
22089 Hamburg

Hamburg, den 15.02.02

Johannes Geßner e. K.
Mauserstraße 123
20095 Hamburg

Rechnungsnummer: 02/017

Sehr geehrter Herr Geßner,

vielen Dank für Ihren Auftrag. Hiermit stellen wir Ihnen folgende Leistungen in Rechnung:

Beschreibung	Menge	Einzelpreis	Gesamtpreis
Materialkosten für Abdichtung Blechdach	100 m^2	25,00 €/m^2	2.500,00 €
Lohnkosten für Abdichtung Blechdach	100 m^2	25,00 €/m^2	2.500,00 €
		Gesamtbetrag (netto)	5.000,00 €
		Umsatzsteuer (19 %)	950,00 €
		Rechnungsbetrag (brutto)	**5.950,00 €**

Bitte überweisen Sie den Rechnungsbetrag innerhalb von 14 Tagen ab Rechnungsdatum unter Angabe der Rechnungsnummer auf folgendes Konto:

Dachdeckerei Dogan
Bank: Hamburger Sparkasse
IBAN: DE12 3456 7890 1234 5678 90
BIC: HASPDEHHXXX

Mit freundlichen Grüßen,

Dogan
Dachdeckerei Dogan

Anlage 3: bisher getätigte Buchungen von Johannes Geßner e. K.

Buchung der Gewerbesteuerrückstellung am 31.12.01

			Soll	Haben
	4320/7610	Gewerbesteuer	8.000,00 €	
an	0956/3035	Gewerbesteuer-Rückstellung		8.000,00 €

Buchung der Rückstellung für unterlassene Instandhaltung am 31.12.01

			Soll	Haben
	4809/6490	Sonstige Reparaturen und Instandhaltung	7.000,00 €	
an	0971/3075	Rückstellungen f. unterl. Aufw. f. Instandhaltung		7.000,00 €

Bezahlung der Handwerkerrechnung am 15.02.02

		Soll	Haben
4809/6490	Sonstige Reparaturen und Instandhaltung	5.000,00 €	
1570/1400	Vorsteuer	950,00 €	
an 1200/1800	Bank		5.950,00 €

Anlage 4: Diverse Rechtsvorschriften

Gesetz	Weblink	QR-Code
§ 249 (1) HGB	https://www.gesetze-im-internet.de/hgb/__249.html	
§ 253 (1) HGB	https://www.gesetze-im-internet.de/hgb/__253.html	
§ 5 EStG	https://www.gesetze-im-internet.de/estg/__5.html	
§ 6 (1) EStG	https://www.gesetze-im-internet.de/estg/__6.html	

Informieren

- **Machen Sie sich mit der Aufgabenstellung vertraut.**
- **Analysieren Sie, welche Informationen Sie benötigen, um die Ihnen übertragene Aufgabe zu erledigen.**

Planen und entscheiden

Planen Sie Ihre Vorgehensweise bei der Beschaffung der notwendigen Informationen und entscheiden sich begründet für eine oder mehrere Informationsquelle(n).

Durchführen

1. **Nehmen Sie die Buchungen für die Belege aus den Anlagen 1 und 2 vor und korrigieren Sie wenn nötig die Buchungen aus Anlage 3.**
2. **Verfassen Sie eine E-Mail, in der Sie den Mandanten Geßner kurz über Rückstellungen für ungewisse Verbindlichkeiten im Allgemeinen informieren und speziell über die Besonderheiten bei Rückstellungen für unterlassene Instandhaltung.**

Kontrolle

Vergleichen Sie Ihre Aufzeichnungen mit denen Ihrer Mitschülerinnen und Mitschüler dahingehend, ob Ihre Buchungen und Ihre Ausführungen in der E-Mail in allen relevanten Punkten übereinstimmen.

Bewerten

Überlegen Sie danach, an welchen Stellen Ihre Bearbeitung noch verbessert werden könnte.

Lernsituation 9: Bewertung von Fremdwährungsverbindlichkeiten

Situationsbeschreibung

Johannes Geßner, alleiniger Inhaber des Unternehmens Im- und Export Geßner GmbH, meldet sich direkt nach einem erfolgreichen Geschäftsabschluss telefonisch bei der Steuerkanzlei Rekens. Da er von der Steuerfachangestellten Maja Hoffmann betreut wird, wird er zu ihr durchgestellt.

Johannes Geßner: *„Hallo Frau Hoffmann, hier ist Johannes Geßner. Ich hoffe, ich störe nicht, ich bin gerade im Auto unterwegs."*

Maja Hoffmann: *„Hallo Herr Geßner, überhaupt kein Problem. Wie kann ich Ihnen helfen?"*

Johannes Geßner: *„Ich habe gerade eine größere Investition in Großbritannien getätigt und mache mir Sorgen um mögliche Wechselkursschwankungen. Ich denke darüber nach, Britische Pfund zu kaufen, um mich abzusichern. Was halten Sie von dieser Idee?"*

Maja Hoffmann: *„Das kann durchaus sinnvoll sein. Es ist eine gängige Praxis, bei Fremdwährungsforderungen und -verbindlichkeiten Fremdwährungskäufe zu nutzen, um sich gegen Wechselkursschwankungen abzusichern. Der Kauf von Britischen Pfund könnte als eine Art Hedging gegen einen potenziellen Anstieg des Pfundwertes dienen."*

Johannes Geßner: *„Ich müsste doch dann aber auf meine Veräußerungsgewinne Steuern zahlen, oder?"*

Maja Hoffmann: *„Nicht realisierte Gewinne aus Wechselkursänderungen werden in der Regel in der Bilanz ausgewiesen, aber sie sind nicht steuerpflichtig, bis sie realisiert werden, das heißt, bis die Währung tatsächlich verkauft wird. Es ist jedoch wichtig zu beachten, dass dies auch bedeutet, dass Sie, wenn der Wechselkurs fällt und Sie einen nicht realisierten Verlust haben, diesen Verlust nicht steuerlich geltend machen können, bis Sie die Währung verkaufen."*

Johannes Geßner: *„Das klingt für mich logisch. Vielen Dank für die Erklärung Frau Hoffmann. Ich würde Ihnen dann alle Unterlagen zur weiteren Verarbeitung zukommen lassen."*

Maja Hoffmann: *„Gerne, Herr Geßner. Wenn Sie weitere Fragen haben oder eine ausführlichere Beratung wünschen, lassen Sie es mich bitte wissen. Ich wünsche Ihnen eine weiterhin gute Fahrt!"*

Informationen zum Lösen der Aufgaben zu der Situationsbeschreibung finden Sie im Lehrbuch „Ausbildung zum/zur Steuerfachangestellten, 3. Ausbildungsjahr", in Lernfeld 10 Kapitel 2.5.

Anhang 1: Eingangsrechnung der AngusUnity Ltd.

AngusUnity Ltd.
123 Unity Street
Manchester, M1 2AB
United Kingdom

Invoice Date: 15.12.01

Bill to:

Im- und Export Geßner e. K.
Kirschallee 12
20095 Hamburg
Germany

Invoice Number: 01/4712

Item Description	Quantity	Unit Price	Total
Premium Leather Shoes	500	120.00 £	60,000.00 £
Designer Handbags	800	50.00 £	40,000,00 £
		Total	**100,000.00 £**

Payment terms: Next 30 days

Please make payment to:
Bank: Unity Bank
Account Number: 12345678
Sort Code: 12-34-56

This invoice is exempt from VAT under the reverse charge mechanism.

Thank you for your business!

Dogau
AngusUnity Ltd.

Anhang 2: Kursverlauf Britische Pfund (GBP) zu Euro (EUR)

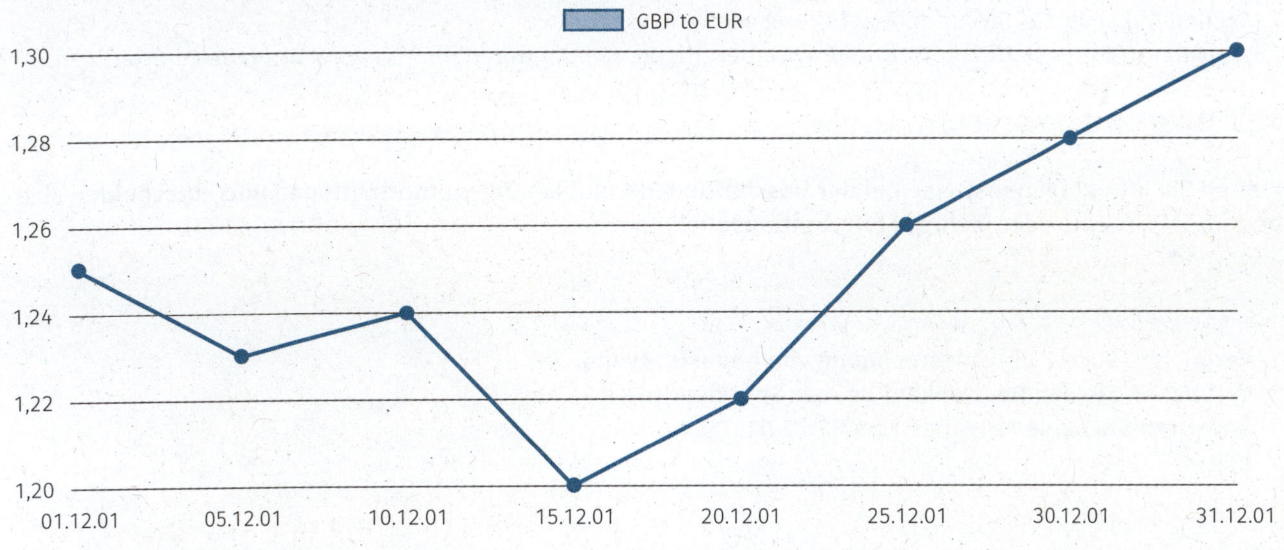

Anlage 3: Transaktionsbestätigung zum Fremdwährungskauf

Sparkleys plc
127 High Street
London, UK
SW1A 1AA

London, 10.12.01

Im- und Export Geßner e. K.
Kirschallee 12
20095 Hamburg
Germany

Betreff: Bestätigung des Kaufs von Britischen Pfund

Sehr geehrter Herr Geßner,

wir freuen uns, Ihnen mitteilen zu können, dass Ihr Kauf von 150,000.00 Britischen Pfund am 10.12.01 erfolgreich abgeschlossen wurde.

Der Transaktionskurs betrug 1,24 EUR je GBP, was einem Gesamtbetrag von 186.000,00 EUR entspricht.

Wir danken Ihnen für Ihr Vertrauen in Sparkleys plc und freuen uns auf weitere Geschäfte mit Ihnen. Sollten Sie Fragen zu dieser Transaktion haben, zögern Sie bitte nicht, uns zu kontaktieren.

Mit freundlichen Grüßen

Anlage 4: Diverse Rechtsvorschriften

Gesetz	Weblink	QR-Code
§ 256a HGB	https://www.gesetze-im-internet.de/hgb/__256a.html	

Informieren

- **Machen Sie sich mit der Aufgabenstellung vertraut.**
- **Analysieren Sie, welche Informationen Sie benötigen, um die Ihnen übertragene Aufgabe zu erledigen.**

Planen und entscheiden

Planen Sie Ihre Vorgehensweise bei der Beschaffung der notwendigen Informationen und entscheiden sich begründet für eine oder mehrere Informationsquelle(n).

Durchführen

1. **Verbuchen Sie die Eingangsrechnung von AngusUnity Ltd.**
2. **Verbuchen Sie den Devisenkauf bei der Sparkleys plc.**
3. **Bewerten Sie beide Vorgänge zum 31.12.01.**

Vergleichen Sie Ihre Aufzeichnungen mit denen Ihrer Mitschülerinnen und Mitschüler dahingehend, ob Ihre Buchungen und Bewertungen in allen relevanten Punkten übereinstimmen.

Kontrolle

Überlegen Sie danach, an welchen Stellen Ihre Bearbeitung noch verbessert werden könnte.

Bewerten

Lernsituation 10: Zeitliche Abgrenzungen

Situationsbeschreibung

Der Weißwarenhändler Oliver Weis ist mit seinem Jahresabschluss beschäftigt. Unterstützt von der Steuerkanzlei Rekens versucht er, seine Aufwendungen und Erträge periodengerecht zu erfassen. Dies bereitet ihm jedoch große Schwierigkeiten, weswegen er einen Hilferuf und einen Stapel Belege per E-Mail an Knut Hansen, den Büroleiter der Steuerkanzlei, sendet.

Informationen zum Lösen der Aufgaben zu der Situationsbeschreibung finden Sie im Lehrbuch „Ausbildung zum/zur Steuerfachangestellten, 3. Ausbildungsjahr“, in Lernfeld 10 Kapitel 3.

Anhang 1: E-Mail von Oliver Weis

Sehr geehrter Herr Hansen,

anbei finden Sie einige Belege, bei denen uns die Verbuchung Kopfschmerzen bereitet. Insbesondere die Zurechnung oder Nicht-Zurechnung zum laufenden Geschäftsjahr ist unklar.

Es wäre toll, wenn Sie uns bei der Verbuchung unter die Arme greifen könnten und uns für zukünftige Jahresabschlüsse eine kurze Verfahrensunterweisung geben könnten.

MfG

Oliver Weis

Anhang 2: Pachtvertrag für eine Lagerhalle

PACHTVERTRAG

zwischen

Oliver Weis e. K.
Hafenstraße 25
20457 Hamburg
(nachfolgend als Pächter bezeichnet)

und

EasyStorage GmbH
Speicherstadt 1
20095 Hamburg
(nachfolgend als Verpächter bezeichnet)

§ 1 Pachtgegenstand
Gegenstand dieses Pachtvertrages ist der Lagerraum mit einer Größe von 1 000 m^2.
Der Lagerraum befindet sich im Eigentum des Verpächters.

§ 2 Pachtdauer
Der Pachtvertrag beginnt am 01.10.01 und wird auf unbestimmte Zeit geschlossen.

§ 3 Pachtzins
Die monatliche Pacht beträgt 1.000,00 € und ist jeweils für sechs Monate im Voraus zu entrichten.

§ 4 Sonstige Bestimmungen
Weitere Einzelheiten regeln die Parteien in separaten Vereinbarungen.

Hamburg, den 01.10.01

Anlage 3: Gewerbesteuerbescheid

Finanzamt Hamburg

Datum: 04.12.01

An:
Oliver Weis e. K.
Hafenstraße 25
20457 Hamburg

Gewerbesteuerbescheid

Bescheid über die Gewerbesteuer für das Jahr 00

Steuernummer: 12/345/67890
Aktenzeichen: A366471

Sehr geehrter Herr Weis,

hiermit teilen wir Ihnen das Ergebnis der Prüfung Ihrer Gewerbesteuererklärung für das Jahr 00 mit.

Ermittlung der Gewerbesteuer:

- **Gewerbesteuermessbetrag:** 1.500,00 €
- **Gewerbesteuer (9 % auf den Messbetrag):** 135,00 €
- **Erstattung:** 1.500,00 €

Anlage 4: Wartungsvertrag

Wartungsvertrag

zwischen

Oliver Weis e. K.
Hafenstraße 25
20457 Hamburg
(nachfolgend als Auftragnehmer bezeichnet)

und

Waschsalon Conrad
Rusterstraße 45
20357 Hamburg
(nachfolgend als Auftraggeber bezeichnet)

§ 1 Vertragsgegenstand
Der Auftragnehmer verpflichtet sich zur Wartung der Waschmaschinen des Auftraggebers.

§ 2 Vergütung
Der Auftraggeber leistet eine Vorauszahlung von 3.600,00 € für das Jahr 02, fällig am 15.12.01.

§ 3 Vertragsdauer
Der Vertrag gilt vom 01.12.01 bis zum 01.12.02.

Hamburg, den 15.11.01

Anlage 5: Bescheid über die Umsatzsteuerzahllast

Finanzamt Hamburg Datum: 28.12.01

An:
Oliver Weis e. K.
Hafenstraße 25
20457 Hamburg

Bescheid über die Umsatzsteuerzahllast

Sehr geehrter Herr Weis,

hiermit ergeht folgender Bescheid über die Umsatzsteuerzahllast für den Zeitraum 01 (Januar 01 bis Dezember 01).

Umsatzsteuerzahllast
- Umsatzsteuer (vereinnahmt): 10.500,00 €
- Vorsteuer (abziehbar): 9.000,00 €
- Umsatzsteuerzahllast: 1.500,00 €

Fälligkeit
Die Umsatzsteuerzahllast ist bis spätestens 28.01.02 zu entrichten.

Zahlungsinformationen
Bitte überweisen Sie den Betrag auf folgendes Konto: IBAN: DE89 1234 1234 1234 5678 90

Bei Fragen oder Unklarheiten stehen wir Ihnen gerne zur Verfügung.

Mit freundlichen Grüßen
...

Anlage 6: Diverse Rechtsvorschriften

Gesetz	Weblink	QR-Code
§ 252 (1) Nr. 5 HGB	https://www.gesetze-im-internet.de/hgb/__252.html	
§ 5 (5) EStG	https://www.gesetze-im-internet.de/estg/__5.html	
§ 250 (1) HGB	https://www.gesetze-im-internet.de/hgb/__250.html	

Informieren

- **Machen Sie sich mit der Aufgabenstellung vertraut.**
- **Analysieren Sie, welche Informationen Sie benötigen, um die Ihnen übertragene Aufgabe zu erledigen.**

Planen und entscheiden

Planen Sie Ihre Vorgehensweise bei der Beschaffung der notwendigen Informationen und entscheiden sich begründet für eine oder mehrere Informationsquelle(n).

Durchführen

1. **Erstellen Sie eine Übersicht über die vier verschiedenen Möglichkeiten der zeitlichen Abgrenzung**
2. **Verfassen Sie ein kurzes Antwortschreiben an Herrn Weis.**
3. **Nehmen Sie die Buchungen für die Belege aus den Anlagen 2 bis 5 vor.**

Kontrolle

Vergleichen Sie Ihre Aufzeichnungen mit denen Ihrer Mitschülerinnen und Mitschüler dahingehend, ob Ihre Übersicht, Ihr Antwortschreiben und Ihre Buchungen in allen relevanten Punkten übereinstimmen.

Bewerten

Überlegen Sie danach, an welchen Stellen Ihre Bearbeitung noch verbessert werden könnte.

Lernsituation 11: Erstellung des Jahresabschlusses

Situationsbeschreibung

Jonas Hölzli, Inhaber der Schreinerei Hölzli, ruft bei der Steuerkanzlei Rekens an. Der Auszubildende Sven Dinges nimmt den Anruf entgegen.

Sven Dinges: *„Guten Tag, Herr Hölzli. Wie kann ich Ihnen heute weiterhelfen?“*

Jonas Hölzli: *„Guten Tag, Herr Dinges. Ich habe zwei Belege, die ich verbuchen muss – einen Bewirtungsbeleg für ein Essen mit einem neuen Geschäftspartner und einen Kassenbeleg, der im Zusammenhang mit einem Geschenk an einen unserer langjährigen Geschäftspartner steht. Beide Belege habe ich Ihnen gerade eben per E-Mail geschickt. Darüber hinaus habe ich der Frau dieses Geschäftspartners am 10.12.01 ein Schmuckkästchen, für das mir bereits eine Lagerkartei vorliegt, ebenfalls als Geschenk zukommen lassen. Alle Geschäftsvorfälle sind noch nicht verbucht, da ich mir unsicher bin, wie ich diese Vorgänge buchhalterisch korrekt erfassen soll und welche Auswirkungen sie in der Steuer- und Handelsbilanz haben.“*

Sven Dinges: *„Ich verstehe. Lassen Sie uns zunächst über die beiden Belege sprechen. Bei einem Bewirtungsbeleg handelt es sich in der Regel um Aufwendungen, die Sie unter bestimmten Voraussetzungen steuerlich absetzen können, wobei eine genaue Dokumentation sowie die Einhaltung der Bewirtungsvorschriften erforderlich sind. Haben Sie die entsprechenden Angaben zu den Teilnehmern und dem Anlass vollständig erfasst?“*

Jonas Hölzli: *„Ja, alle notwendigen Angaben sind vorhanden. Es handelt sich um eine klassische Geschäftsanbahnung mit dem langjährigen Partner. Beim Kassenbeleg handelt es sich um einen kleineren Betrag, der ebenfalls als Geschenk verbucht werden soll.“*

Sven Dinges: *„Wunderbar, ich gehe davon aus, dass nicht der gesamte Betrag als angemessen gilt, erfahrungsgemäß werden die 35,70 € für die Longdrinks als unangemessen eingestuft und sind damit nicht abzugsfähig. Für den Kassenbeleg, der das Geschenk dokumentiert, prüfen wir zunächst, ob es sich um einen steuerlich abzugsfähigen Geschäftsaufwand handelt. Dabei ist zu beachten, dass Geschenke an Geschäftspartner meist nur bis zu einem bestimmten Höchstbetrag als Betriebsausgabe anerkannt werden. Wie hoch war der Betrag, der auf dem Kassenbeleg ausgewiesen ist?"*

Jonas Hölzli: *„Der Betrag bewegt sich im Rahmen der üblichen Grenzen, allerdings müssen wir auch das Schmuckkästchen berücksichtigen, dessen Wert in der Lagerkartei erfasst ist."*

Sven Dinges: *„Das werde ich mir in Ruhe ansehen und mich baldmöglichst wieder bei Ihnen melden. Haben Sie noch weitere Fragen?"*

Jonas Hölzli: *„Nein, im Moment ist alles klar. Vielen Dank für Ihre ausführliche Beratung, Herr Dinges. Ich warte dann auf Ihren Buchungsplan und freue mich auf die weitere Zusammenarbeit."*

Sven Dinges: *„Sehr gerne, Herr Hölzli. Ich melde mich in Kürze mit den entsprechenden Unterlagen. Einen angenehmen Tag noch!"*

Informationen zum Lösen der Aufgaben zu der Situationsbeschreibung finden Sie im Lehrbuch „Ausbildung zum/zur Steuerfachangestellten, 3. Ausbildungsjahr", in Lernfeld 10 Kapitel 4.1.

Anhang 1: Lagerkartei (Auszug)

Lagerkartei (Auszug)				
Artikelnummer	**Bezeichnung**	**Menge**	**Verkaufspreis pro Stück (netto)**	**Marktwert pro Stück zum 31.12.01 (netto)**
...	...	...	...	...
1001	Schmuckkästchen	120 Stück	35,00 €	37,00 €
...	...	...	...	...

Anhang 2: Kassenbeleg

Gunter Blum Bürobedarf

KASSENBELEG

Artikel: Lima Füllfederhalter
Preis: 41,65 € inkl. 19% Umsatzsteuer

Gesamtbetrag: 41,65 €

Gesamtbetrag von Schreinerei Hölzli in bar dankend erhalten.

Datum: 19.12.01

Unterschrift: G. Blum

Anhang 3: Bewirtungsbeleg

Restaurante Cremont

20457 Hamburg
Tel. +49 40 123456789
E-Mail: info@restaurante-cremont.de

Kassenbon Nr. 2/01/0015 am 21.12.01 19:40 Uhr
Es bediente Sie Maria Montecarlo.

1 x Roastbeef	24,50 €
1 x Rumpsteak	35,70 €
1 x Risotto	20,20 €
3 x Vorspeisensalat	28,50 €
3 x Kristallweizen	18,60 €
1 x Flasche Wasser	5,20 €
3 x Long Island Ice Tea	35,70 €
Nettobetrag	141,51 €
19% Umsatzsteuer	26,89 €
Gesamtbetrag	168,40 €
Bar bezahlt	168,40 €

Vielen Dank & bis bald!

Anlage 4: Diverse Rechtsvorschriften

Gesetz	Weblink	QR-Code
§ 4 (5) EStG	https://www.gesetze-im-internet.de/estg/__4.html	
§ 15 (1a) UStG	https://www.gesetze-im-internet.de/ustg_1980/__15.html	

Informieren

- **Machen Sie sich mit der Aufgabenstellung vertraut.**
- **Analysieren Sie, welche Informationen Sie benötigen, um die Ihnen übertragene Aufgabe zu erledigen.**

Planen und entscheiden

Planen Sie Ihre Vorgehensweise bei der Beschaffung der notwendigen Informationen und entscheiden sich begründet für eine oder mehrere Informationsquelle(n).

Durchführen

1. **Verbuchen Sie die Belege aus den Anlagen 1 bis 3.**
2. **Verfassen Sie ein Antwortschreiben an Herrn Hölzli, in dem Sie auf die handels- und steuerrechtlichen Gewinnauswirkungen eingehen.**

Kontrolle

Vergleichen Sie Ihre Aufzeichnungen mit denen Ihrer Mitschülerinnen und Mitschüler dahingehend, ob Ihre Buchungen in allen relevanten Punkten übereinstimmen.

Bewerten

Überlegen Sie danach, an welchen Stellen Ihre Bearbeitung noch verbessert werden könnte.

Lernsituation 12: Kennzahlen des Jahresabschlusses

Situationsbeschreibung

Die Pospich Eisenwaren GmbH, hat gerade ihren Jahresabschluss für das Jahr 01 erstellt. Um sicherzustellen, dass die Geschäftsführerin Eva Pospich die finanzielle Lage der GmbH richtig einschätzt, hat sie die Steuerkanzlei Rekens um Hilfe gebeten.

Amir Özkan, einer der Angestellten der Steuerkanzlei, hat alle wichtigen Unterlagen zur Beurteilung der Mandatenanfrage gesammelt und übergibt diese zur weiteren Bearbeitung an die Auszubildende Julia Schuster.

Informationen zum Lösen der Aufgaben zu der Situationsbeschreibung finden Sie im Lehrbuch „Ausbildung zum/zur Steuerfachangestellten, 3. Ausbildungsjahr", in Lernfeld 10 Kapitel 5.1 und 5.2.

Anhang 1: E-Mail der Pospich Eisenwaren GmbH an die Steuerkanzlei

Sehr geehrte Damen und Herren,

wir, die Pospich Eisenwaren GmbH, haben kürzlich unseren Jahresabschluss für das Jahr 01 erstellt und stehen nun vor der Herausforderung, diesen angemessen zu bewerten.

Da wir uns in einer dynamischen Branche bewegen, möchten wir sicherstellen, dass wir unsere finanzielle Situation richtig einschätzen und gegebenenfalls Maßnahmen zur Optimierung unserer Rentabilität ergreifen.

Wir bitten Sie daher um Ihre Unterstützung bei der Berechnung und Bewertung der notwendigen Kennzahlen.

Bitte lassen Sie uns wissen, welche Informationen Sie von uns benötigen, um die Berechnungen durchzuführen. Wir freuen uns auf Ihre Rückmeldung und danken Ihnen im Voraus für Ihre Unterstützung.

Mit freundlichen Grüßen

Eva Pospich
Geschäftsführerin
Pospich Eisenwaren GmbH
020-5861234
info@pospichEW.de

Anhang 2: Antwort-E-Mail von der Steuerkanzlei Rekens an die Pospich Eisenwaren GmbH

Sehr geehrte Frau Pospich,

vielen Dank für Ihre E-Mail und das Vertrauen, das Sie in unsere Steuerkanzlei setzen. Wir freuen uns, Ihnen bei der Bewertung Ihres Jahresabschlusses behilflich zu sein.

Für Ihre Branche schlage ich die folgenden Kennzahlen zur Berechnung und Analyse vor:

1. Eigenkapitalrentabilität
2. Gesamtkapitalrentabilität
3. Umsatzrentabilität
4. Netto Working Capital
5. Working Capital Ratio

Wir werden die Ergebnisse analysieren und Ihnen eine umfassende Bewertung zukommen lassen. Bitte stellen Sie sicher, dass Sie uns alle relevanten Unterlagen, mindestens jedoch die Bilanz und die GuV zur Verfügung stellen, die für eine präzise Berechnung erforderlich sind. Sollten Sie weitere Fragen oder Anliegen haben, zögern Sie nicht, uns zu kontaktieren.

Wir werden uns zeitnah mit den Ergebnissen bei Ihnen melden.

Mit freundlichen Grüßen

Amir Özkan
Steuerkanzlei Rekens

Anlage 3: Bilanz der Pospich Eisenwaren GmbH zum 31.12.01 (vereinfacht)

Aktiva	Bilanz der Pospich Eisenwaren GmbH zum 31.12.01 (vereinfacht)		Passiva
Anlagevermögen		**Eigenkapital**	
– Sachanlagen	3.500.000,00 €	– Gezeichnetes Kapital	2.000.000,00 €
– Immaterielle Vermögenswerte	1.000.000,00 €	– Rücklagen	1.000.000,00 €
Umlaufvermögen		**Langfristige Verbindlichkeiten**	
– Vorräte	2.500.000,00 €	– Hypothekendarlehen	2.500.000,00 €
– Forderungen	1.500.000,00 €		
– Flüssige Mittel	1.000.000,00 €	**Kurzfristige Verbindlichkeiten**	
		– Verbindlichkeiten a. LL.	3.000.000,00 €
		– Kurzfristige Rückstellungen	1.000.000,00 €
Bilanzsumme	**9.500.000,00 €**	**Summe Passiva**	**9.500.000,00 €**

Anlage 4: Gewinn- und Verlustrechnung der Pospich Eisenwaren GmbH zum 31.12.01 (vereinfacht)

	Gewinn- und Verlustrechnung der Pospich Eisenwaren GmbH zum 31.12.01 (vereinfacht)	
	Umsatzerlöse	10.000.000,00 €
–	Materialaufwand	6.000.000,00 €
=	**Bruttoergebnis vom Umsatz**	**4.000.000,00 €**
–	Vertriebskosten	1.000.000,00 €
–	Verwaltungskosten	1.000.000,00 €
=	**Betriebsergebnis**	**2.000.000,00 €**
–	Zinsaufwand	300.000,00 €
+	Zinserträge	0,00 €
=	**Jahresüberschuss vor Steuern**	**1.700.000,00 €**
–	Steuern vom Einkommen	1.200.000,00 €
=	**Jahresüberschuss**	**500.000,00 €**

Informieren

- **Machen Sie sich mit der Aufgabenstellung vertraut.**
- **Analysieren Sie, welche Informationen Sie benötigen, um die Ihnen übertragene Aufgabe zu erledigen.**

Planen und entscheiden

Planen Sie Ihre Vorgehensweise bei der Beschaffung der notwendigen Informationen und entscheiden sich begründet für eine oder mehrere Informationsquelle(n).

Durchführen

1. **Ermitteln Sie alle in der Anlage 2 genannten Kennzahlen.**
2. **Verfassen Sie ein Antwortschreiben an Frau Pospich, in dem Sie die errechneten Kennzahlen analysieren und Handlungsalternativen aufzeigen.**

Kontrolle

Vergleichen Sie Ihre Aufzeichnungen mit denen Ihrer Mitschülerinnen und Mitschüler dahingehend, ob Ihre Berechnungen in allen relevanten Punkten übereinstimmen.

Bewerten

Überlegen Sie danach, an welchen Stellen Ihre Bearbeitung noch verbessert werden könnte.

Lernfeld 11:

Verwaltungsakte prüfen, Rechtsbehelfe und Anträge vorbereiten

Zielbeschreibung:

Die Schülerinnen und Schüler besitzen die Kompetenz, Verwaltungsakte zu prüfen und Maßnahmen zur Sicherung der Ansprüche ihrer Mandantinnen und Mandanten einzuleiten.

11

Lernlandkarte zu Lernfeld 11: Verwaltungsakte prüfen, Rechtsbehelfe und Anträge vorbereiten

Welche rechtlichen Möglichkeiten bestehen, wenn ein Einkommensteuerbescheid Fehler enthält?

Lernsituation 1: Rechtsbehelfsprüfung Einkommensteuerbescheid

Welche rechtlichen Möglichkeiten bestehen, wenn Betriebsausgaben als nicht abzugsfähig eingestuft wurden?

Lernsituation 2: Nicht abzugsfähige Betriebsausgaben und Rechtsbehelfsprüfung

Welche Möglichkeiten bestehen, wenn eine Einspruchsfrist versäumt wurde?

Lernsituation 3: Nachträglicher Einspruch bei versäumter Frist und Prüfung auf Berichtigung gemäß § 129 AO

Welche Möglichkeiten bestehen, wenn ein fehlerhafter Grundlagenbescheid erstellt wurde, und wie kann man eine Aussetzung der Vollziehung beantragen?

Lernsituation 4: Grundlagen- und Folgebescheide: Zuständigkeiten und Verfahren bei Einspruch und Aussetzung der Vollziehung

Was passiert, wenn bei der Prüfung von Verwaltungsakten Fehler entdeckt werden?

Lernsituation 5: Prüfung und Berichtigung von Verwaltungsakten: Fehlerquellen und rechtliche Konsequenzen

Müssen Säumniszuschläge unter allen Umständen bezahlt werden?

Lernsituation 6: Säumniszuschläge: Ursachen, Zahlungshistorie und rechtliche Handlungsmöglichkeiten

Welche Möglichkeiten und Risiken bestehen bei der Kommunikation mit Finanzbehörden?

Lernsituation 7: Kommunikation mit Finanzbehörden bei Rückfragen

Welche Vorbereitungen sollten bei einer bevorstehenden Betriebsprüfung getroffen werden?

Lernsituation 8: Unterstützung bei einer Betriebsprüfung

Welche Schritte sind zu unternehmen, wenn Vorauszahlungen angepasst werden müssen?

Lernsituation 9: Antrag auf Anpassung von Vorauszahlungen

Unter welchen Umständen kann eine Steuerschuld gestundet werden?

Lernsituation 10: Antrag auf Stundung einer Steuerschuld

Wie kann ein fehlerhafter Steuerbescheid korrigiert werden?

Lernsituation 11: Klärung eines fehlerhaften Steuerbescheids

Welche Möglichkeiten der Steuererleichterungen gibt es bei finanziellen Engpässen?

Lernsituation 12: Steuererleichterungen: Stundung, Ratenzahlung und die Prüfung von Erlassmöglichkeiten

Wie können Grundlagenbescheide berichtigt werden?

Lernsituation 13: Prüfung und Berichtigung von Grundlagenbescheiden

Wie kann ein Antrag auf verbindliche Auskunft an das Finanzamt gestellt werden?

Lernsituation 14: Antrag auf verbindliche Auskunft

Wie kann eine Stundung von Steuerschulden beantragt werden, um eine Insolvenz zu vermeiden?

Lernsituation 15: Stundung von Steuerschulden und ihre Rolle bei der Vermeidung von Insolvenzgründen gemäß §§ 17 und 18 InsO

Wie kann ein Grundlagenbescheid geändert werden, wenn sich Tatsachen ändern?

Lernsituation 16: Antrag auf Anpassung eines Grundlagenbescheids aufgrund geänderter Tatsachen

Unter welchen Umständen können Fristen verlängert werden?

Lernsituation 17: Fristverlängerung

Wann verjähren Steuerforderungen?

Lernsituation 18: Verjährung im Steuerrecht

Welche Vorbereitungen sollten bei einer bevorstehenden Außenprüfung getroffen werden?

Lernsituation 19: Außenprüfung und Nachschau

Welche Ermessensspielräume hat die Finanzbehörde?

Lernsituation 20: Ermessensspielräume der Finanzbehörde

Unter welchen Umständen kann gegen einen Steuerbescheid Einspruch eingelegt werden?

Lernsituation 21: Einspruch gegen einen Steuerbescheid

Wie kann die Aussetzung einer Vollziehung beantragt werden?

Lernsituation 22: Aussetzung einer Vollziehung beantragen

Wie kann ein fehlerhafter Steuerbescheid geprüft werden und welche rechtlichen Schritte sind möglich?

Lernsituation 23: Prüfung eines fehlerhaften Steuerbescheids

Vorbemerkungen

Abweichend von den bisherigen Lernfeldern beziehen sich in Lernfeld 11 die Lernsituationen nicht auf einzelne Kapitel des Lehrbuches, sondern auf das komplette Lernfeld und teilweise auch auf andere Lernfelder. Somit werden im 3. Ausbildungsjahr von den Schülerinnen und Schülern komplette Lösungen konkreter Prüffälle aus der täglichen Praxis in einer Steuerkanzlei in ihrer jeweiligen Gesamtheit gefordert.

Zur Orientierung sind die zur Lösung notwendigen gesetzlichen Regelungen in den Anlagen jeder Lernsituation angegeben.

Ergänzend werden in den Phasen „Informieren" sowie „Planen und entscheiden" jeweils Hilfestellungen für die Phase „Durchführen" gegeben.

Lernsituation 1: Rechtsbehelfsprüfung Einkommensteuerbescheid

Situationsbeschreibung

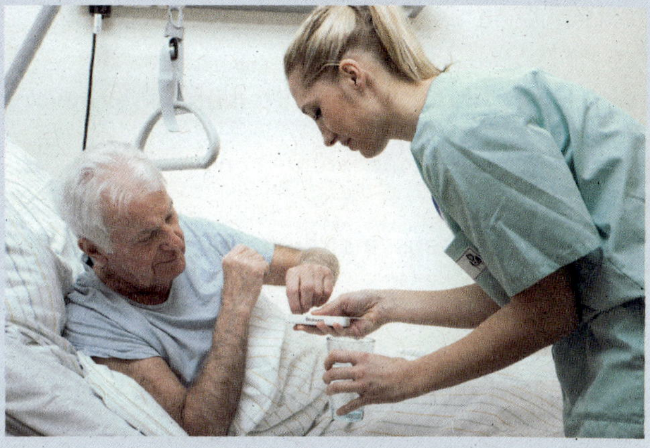

Sabine Ballhaus beauftragt als Mandantin die Steuerkanzlei Rekens am 15.03.02, ihren Einkommensteuerbescheid für das Jahr 01 zu überprüfen. Der Bescheid trägt das Datum 05.03.02 und wurde laut Mandantin am 07.03.02 zugestellt.

Frau Ballhaus hatte in ihrer Steuererklärung außergewöhnliche Belastungen in Höhe von 5.200,00 € für Pflegekosten ihrer pflegebedürftigen Mutter geltend gemacht. Diese wurden im Bescheid mit der Begründung abgelehnt, dass die Nachweise nicht ausreichen. Der Bescheid enthält die Information, dass ein Einspruch gemäß § 347 AO innerhalb eines Monats nach Bekanntgabe möglich ist.

Frau Ballhaus bittet um eine umfassende Prüfung des Bescheids. Neben der Frage, ob ein Einspruch zulässig und erfolgversprechend ist, möchte sie wissen, ob eine schlichte Änderung gemäß § 172 AO möglich wäre, um die Angelegenheit ohne größere Formalitäten zu klären.

Die Steuerberaterin Claudia Rekens beauftragt ihre Auszubildende Julia Schuster damit, den Bescheid formal und inhaltlich zu überprüfen, die Zulässigkeit der schlichten Änderung zu bewerten und das geeignete weitere Vorgehen zu empfehlen.

Anlage 1: Einkommensteuerbescheid von Sabine Ballhaus für das Jahr 01 (Auszug)

Einkommensteuerbescheid 01

Steuerpflichtige Person: Frau Sabine Ballhaus
Anschrift: Musterstraße 12
12345 Musterstadt

Festgesetzte Steuer:
Einkommensteuer: 12.450,00 €
Solidaritätszuschlag: 684,75 €

Begründung der Abweichung von der Steuererklärung:
Die in der Steuererklärung 01 geltend gemachten außergewöhnlichen Belastungen in Höhe von 5.200,00 € gemäß § 33 EStG konnten nicht berücksichtigt werden.

Begründung:
- Es fehlt der Nachweis der Zwangsläufigkeit der Pflegekosten (z. B. in Form eines ärztlichen Attests).
- Die eingereichten Belege über die Höhe der Kosten sind unvollständig.

Rechtsbehelf: Gegen diesen Bescheid kann innerhalb eines Monats nach Bekanntgabe Einspruch eingelegt werden.

Anlage 2: Strukturierungshilfe „Tabellarisches Entscheidungsschema"

Prüfpunkte	Erforderliche Nachweise	Vorhanden? (ja/nein)	Maßnahme

Anlage 3: Diverse Rechtsvorschriften

Gesetz	Weblink	QR-Code
§ 33 EStG	https://www.gesetze-im-internet.de/estg/__33.html	
§ 347 AO	https://www.gesetze-im-internet.de/ao_1977/__347.html	

Gesetz	Weblink	QR-Code
§ 172 AO	https://www.gesetze-im-internet.de/ao_1977/__172.html	
§ 355 AO	https://www.gesetze-im-internet.de/ao_1977/__355.html	

Informieren

- **Analysieren Sie den Einkommensteuerbescheid auf formale und inhaltliche Fehler.**
- **Prüfen Sie die gesetzlichen Voraussetzungen für:**
  - **außergewöhnliche Belastungen (§ 33 EStG)**
  - **Einspruch als Rechtsmittel (§ 347 AO)**
  - **schlichte Änderung (§ 172 AO).**
- **Prüfen Sie die Frist für die Einlegung eines Einspruchs (§ 355 AO).**

Planen und entscheiden

- **Entwickeln Sie eine Strategie, um die Mandantin optimal zu beraten:**
  - **Ist eine schlichte Änderung zulässig und sinnvoll?**
  - **Welche Maßnahmen sind erforderlich, um einen Einspruch erfolgreich einzulegen, falls keine schlichte Änderung möglich ist?**

Durchführen

1. **Prüfen Sie die Voraussetzungen der schlichten Änderung:**
   a) **Prüfen Sie, ob es sich um einen Fehler handelt, der sich ohne neue Tatsachen oder Beweise korrigieren lässt.**
   b) **Prüfen Sie, ob eine Nachreichung von Unterlagen (Attest, Belege) für die Anerkennung notwendig ist.**
2. **Stellen Sie die Ergebnisse der Prüfung schriftlich dar und erstellen Sie eine Empfehlung für die Mandantin.**

Kontrolle

- **Besprechen Sie Ihre Ergebnisse mit Ihren Mitschülerinnen und Mitschülern.**
- **Überprüfen Sie, ob die Begründungen vollständig und korrekt sind.**

Bewerten

Reflektieren Sie die Qualität Ihrer Prüfung und stellen Sie Optimierungsmöglichkeiten fest.

Lernsituation 2: Nicht abzugsfähige Betriebsausgaben und Rechtsbehelfsprüfung

Situationsbeschreibung

Karin Römer ist Geschäftsführerin der Römer & Partner GmbH. Am 12.03.02 wurde ihr der Körperschaftsteuerbescheid für das Jahr 01 zugestellt. Der Bescheid trägt das Datum 10.03.02.

Frau Römer hat bemerkt, dass in der Berechnung des steuerlichen Einkommens einige Betriebsausgaben nicht anerkannt wurden. Darunter fallen insbesondere Aufwendungen für Bewirtungskosten in Höhe von 1.000,00 € und Geschenke an Geschäftspartnerinnen und Geschäftspartner in Höhe von 500,00 €, die von der Finanzbehörde als nicht abzugsfähig deklariert wurden.

Sie bittet die Steuerkanzlei Rekens um eine Überprüfung des Bescheids, insbesondere der Bemessungsgrundlage für die Körperschaftsteuer, sowie eine Klärung der Frage, ob ein Einspruch oder ein Antrag auf schlichte Änderung sinnvoll ist.

Knut Hansen, Büroleiter der Steuerkanzlei, übergibt den Vorgang an die Steuerfachangestellte Maja Hofmann.

Anlage 1: Körperschaftsteuerbescheid von Karin Römer für das Jahr 01 (Auszug)

Einkommensteuerbescheid 01

Steuerpflichtige Person:	Römer & Partner GmbH
Anschrift:	Musterstraße 1 12345 Musterstadt

Festgesetzte Steuer:

Einkommensteuer:	25.000,00 €
Solidaritätszuschlag:	1.375,00 €

Begründung der Abweichung von der Steuererklärung:
Die geltend gemachten Aufwendungen für Geschenke an Geschäftspartner gemäß § 4 (5) Nr. 1 EStG wurden nicht berücksichtigt, da sie die steuerlich zulässige Grenze überschreiten.
Bewirtungskosten wurden nur zu 70 % der geltend gemachten Beträge anerkannt.

Rechtsbehelf: Gegen diesen Bescheid kann innerhalb eines Monats nach Bekanntgabe Einspruch eingelegt werden.

Anlage 2: Strukturierungshilfe „Prüfschema der nicht abzugsfähigen Aufwendungen"

Art der Aufwendung	Gesamtbetrag (in €)	Abzugsfähig (in €)	Nicht abzugsfähig (in €)	Begründung

Anlage 3: Diverse Rechtsvorschriften

Gesetz	Weblink	QR-Code
§ 4 (5) Nr. 1 und 2 EStG	https://www.gesetze-im-internet.de/estg/__4.html	
§ 347 AO	https://www.gesetze-im-internet.de/ao_1977/__347.html	
§ 172 AO	https://www.gesetze-im-internet.de/ao_1977/__172.html	

Informieren

- **Prüfen Sie den Körperschaftsteuerbescheid auf formale und inhaltliche Richtigkeit.**
- **Analysieren Sie die gesetzlichen Grundlagen für:**
  - **Nicht abzugsfähige Betriebsausgaben (§ 4 (5) Nr. 1 EStG).**
  - **Bewirtungskosten (§ 4 (5) Nr. 2 EStG).**
  - **Rechtsbehelfe: Einspruch (§ 347 AO) und schlichte Änderung (§ 172 AO).**

Planen und entscheiden

- **Planen Sie die Schritte zur Überprüfung der Bemessungsgrundlage für die Körperschaftsteuer.**
- **Prüfen Sie, ob ein Antrag auf schlichte Änderung möglich ist oder ob ein Einspruch erforderlich wird.**

Durchführen

1. **Stellen Sie die nicht abzugsfähigen Aufwendungen (siehe Anlage 2) tabellarisch dar und begründen Sie diese.**
2. **Erstellen Sie eine Stellungnahme für die Mandantin, in der Sie die Ergebnisse der Prüfung zusammenfassen und das geeignete weitere Vorgehen erläutern.**

Kontrolle

- **Besprechen Sie Ihre Berechnung und die Stellungnahme mit Ihren Mitschülerinnen und Mitschülern.**
- **Überprüfen Sie Ihre Ausführungen auf Vollständigkeit und fachliche Richtigkeit.**

Bewerten

Reflektieren Sie die Qualität Ihrer Analyse und begründen Sie, ob der Bescheid sachlich korrekt ist, oder welche Schritte zur Korrektur notwendig sind.

Lernsituation 3: Nachträglicher Einspruch bei versäumter Frist und Prüfung auf Berichtigung gemäß § 129 AO

Situationsbeschreibung

Peter Neuhaus, ein Mandant der Steuerkanzlei Rekens, hat seinen Einkommensteuerbescheid für das Jahr 01 erhalten. Der Bescheid trägt das Datum 15.03.02 und wurde ihm am 18.03.02 zugestellt. Herr Neuhaus stellte fest, dass das Finanzamt eine Sonderausgabe in Höhe von 3.000,00 € für Kirchensteuer nicht berücksichtigt hat. Er hatte vor, dagegen Einspruch einzulegen, konnte dies jedoch aufgrund einer plötzlichen Erkrankung nicht fristgerecht tun. Die Einspruchsfrist endete am 18.04.02.

Am 20.04.02 meldet sich Herr Neuhaus bei Amir Özkan, einem Mitarbeiter der Steuerkanzlei Rekens, und erklärt, dass er durch die Krankheit handlungsunfähig war. Er fragt, ob es dennoch möglich ist, den Fehler im Bescheid korrigieren zu lassen. Herr Neuhaus bittet Herrn Özkan um Unterstützung und eine Empfehlung, wie er vorgehen kann.

Amir Özkan übergibt den Vorgang zur Prüfung an den Auszubildenden Sven Dinges.

Anlage: Diverse Rechtsvorschriften

Gesetz	Weblink	QR-Code
§ 110 AO	https://www.gesetze-im-internet.de/ao_1977/__110.html	
§ 129 AO	https://www.gesetze-im-internet.de/ao_1977/__129.html	

Informieren

- **Recherchieren Sie die rechtlichen Grundlagen zur Wiedereinsetzung in den vorigen Stand gemäß § 110 AO.**
- **Prüfen Sie die Voraussetzungen für eine Berichtigung des Bescheids nach § 129 AO (offensichtliche Unrichtigkeit).**
- **Ermitteln Sie die verbleibenden Fristen für die nachträgliche Einlegung des Einspruchs und die Antragstellung.**

Planen und entscheiden

- **Entwickeln Sie eine Strategie zur nachträglichen Korrektur des Bescheids:**
  - **Prüfen Sie, ob die Unrichtigkeit durch einen Antrag auf Berichtigung nach § 129 AO behoben werden kann.**
  - **Falls nicht, ist eine Wiedereinsetzung in den vorigen Stand notwendig.**
- **Bewerten Sie die Erfolgsaussichten der verschiedenen Vorgehensweisen.**

Durchführen

1. Formulieren Sie einen Antrag auf Berichtigung gemäß § 129 AO, falls die Voraussetzungen erfüllt sind.
2. Falls § 129 AO nicht greift, erstellen Sie
   a) einen Antrag auf Wiedereinsetzung in den vorigen Stand und
   b) den nachträglichen Einspruch.

Kontrolle

Prüfen Sie die Vollständigkeit und Korrektheit des Antrags auf Berichtigung, des Antrags auf Wiedereinsetzung und des Einspruchs, indem Sie Ihre Ausarbeitungen mit denen Ihrer Mitschülerinnen und Mitschüler vergleichen.

Bewerten

Reflektieren Sie die Erfolgsaussichten der jeweiligen Anträge und entwickeln Sie alternative Handlungsvorschläge für den Fall, dass beide Anträge abgelehnt werden.

Lernsituation 4: Grundlagen- und Folgebescheide: Zuständigkeiten und Verfahren bei Einspruch und Aussetzung der Vollziehung

Situationsbeschreibung

Johannes Klee, Geschäftsführer der Klee & Klee GmbH, hat einen Gewerbesteuerbescheid für das Jahr 01 erhalten. Der Bescheid trägt das Datum 05.04.02 und wurde ihm am 08.04.02 zugestellt. Laut Bescheid wurde eine Gewerbesteuer in Höhe von 40.000,00 € festgesetzt. Herr Klee hat den Bescheid geprüft und festgestellt, dass die Finanzbehörde die Hinzurechnung bestimmter Finanzierungsaufwendungen in Höhe von 15.000,00 € vorgenommen hat, was seiner Ansicht nach nicht korrekt ist.

Er hat erfahren, dass die Festsetzung der Gewerbesteuer auf einem Grundlagenbescheid, dem Gewerbesteuermessbescheid, basiert. Dieser wurde am 28.03.02 vom Finanzamt ausgestellt und Herr Klee hat ihn erhalten. Der Gewerbesteuerbescheid wurde daraufhin von der Gemeinde ausgestellt, in der das Unternehmen ansässig ist.

Herr Klee ist unsicher, wie er vorgehen soll, und fragt, ob er den Grundlagenbescheid, den Gewerbesteuerbescheid oder beide anfechten muss. Außerdem möchte er wissen, ob es möglich ist, die Zahlung der festgesetzten Gewerbesteuer aufzuschieben, solange der Fall nicht geklärt ist. Herr Klee bittet die Steuerberaterin Claudia Rekens um Unterstützung.

Frau Rekens, übergibt die Mandantenanfrage an ihre Steuerfachangestellte Maja Hofmann.

Anlage: Diverse Rechtsvorschriften

Gesetz	Weblink	QR-Code
§ 351 AO	https://www.gesetze-im-internet.de/ao_1977/__351.html	

Gesetz	Weblink	QR-Code
§ 175 AO	https://www.gesetze-im-internet.de/ao_1977/__175.html	
§ 361 AO	https://www.gesetze-im-internet.de/ao_1977/__361.html	
§ 69 FGO	https://www.gesetze-im-internet.de/fgo/__69.html	

Informieren

- **Recherchieren Sie die rechtlichen Grundlagen für:**
  - **Einsprüche gegen Grundlagen- und Folgebescheide (§ 351 AO, § 175 AO),**
  - **Aussetzung der Vollziehung (§ 361 AO, § 69 FGO).**
- **Klären Sie, bei welchen Behörden der Einspruch gegen den Gewerbesteuermessbescheid und der Antrag auf Aussetzung der Vollziehung zu stellen sind.**

Planen und entscheiden

- **Entwickeln Sie eine Strategie für die Anfechtung:**
  - **Prüfen Sie, ob der Einspruch gegen den Grundlagenbescheid (Gewerbesteuermessbescheid) oder den Folgebescheid (Gewerbesteuerbescheid) oder gegen beide erfolgen soll.**
  - **Prüfen Sie, wo der Antrag auf Aussetzung der Vollziehung gestellt werden muss.**
- **Bewerten Sie die Erfolgsaussichten der Maßnahmen.**

Durchführen

1. **Erstellen Sie**
   a) **einen Einspruch gegen den Gewerbesteuermessbescheid,**
   b) **einen Antrag auf Aussetzung der Vollziehung des Gewerbesteuerbescheids.**
2. **Verfassen Sie eine Stellungnahme für Herrn Klee, die das Vorgehen und die Erfolgsaussichten erläutert.**

Kontrolle

- **Überprüfen Sie den Einspruch und den Antrag auf Vollständigkeit, indem Sie Ihre Ausarbeitungen mit denen Ihrer Mitschülerinnen und Mitschüler vergleichen.**
- **Stellen Sie sicher, dass alle erforderlichen Belege beigefügt sind.**

Bewerten

Reflektieren Sie die Erfolgsaussichten der Maßnahmen und entwickeln Sie alternative Vorschläge für den Fall, dass der Einspruch oder der Antrag auf Aussetzung der Vollziehung abgelehnt werden.

Lernsituation 5: Prüfung und Berichtigung von Verwaltungsakten: Fehlerquellen und rechtliche Konsequenzen

Situationsbeschreibung

Die Kronenthal GmbH hat einen Gewerbesteuerbescheid für das Jahr 01 erhalten, der auf einem Gewerbesteuermessbescheid basiert. Der Bescheid trägt das Datum 15.04.02 und wurde der GmbH am 18.04.02 zugestellt. Laut Bescheid wurde eine Gewerbesteuer in Höhe von 50.000,00 € festgesetzt. Der Geschäftsführer Josef Kronenthal hat den Bescheid mit den internen Buchhaltungsunterlagen verglichen und festgestellt, dass die Berechnung des Gewerbesteuermessbetrags offenbar fehlerhaft ist.

Die Steuererklärung wurde von der Kronenthal GmbH eigenständig mithilfe eines Steuerprogramms erstellt und elektronisch an das Finanzamt übermittelt. Nach einer ersten Überprüfung hat Herr Kronenthal festgestellt, dass die Hinzurechnung der Finanzierungsaufwendungen im Bescheid auf 20.000,00 € festgesetzt wurde, obwohl diese laut Buchhaltung nur 10.000,00 € betragen. Es ist unklar, ob der Fehler bei der Eingabe in das Steuerprogramm oder bei der Verarbeitung durch das Finanzamt entstanden ist.

Herr Kronenthal bittet Steuerkanzlei Rekens darum, den Bescheid auf sachliche und rechnerische Richtigkeit zu überprüfen, den Ursprung des Fehlers zu klären und geeignete Maßnahmen zur Korrektur einzuleiten.

Die Steuerberaterin Claudia Rekens, übergibt die Mandantenanfrage an ihren Büroleiter Knut Hansen.

Anlage: Diverse Rechtsvorschriften

Gesetz	Weblink	QR-Code
§ 118 AO	https://www.gesetze-im-internet.de/ao_1977/__118.html	
§ 129 AO	https://www.gesetze-im-internet.de/ao_1977/__129.html	
§ 351 AO	https://www.gesetze-im-internet.de/ao_1977/__351.html	
§ 69 FGO	https://www.gesetze-im-internet.de/fgo/__69.html	

Informieren

- **Recherchieren Sie die rechtlichen Grundlagen zur Prüfung von Verwaltungsakten auf sachliche und rechnerische Fehler (§ 118 AO, § 129 AO).**
- **Beschreiben Sie typische Ursachen für Fehler in Steuerbescheiden (z. B. Eingabefehler im Steuerprogramm, Übertragungsfehler, Verarbeitungsfehler im Finanzamt) und erläutern Sie, woran man deren Ursprung grundsätzlich erkennen kann.**
- **Erläutern Sie, unter welchen Voraussetzungen ein Fehler in einem Steuerbescheid als offensichtliche Unrichtigkeit im Sinne des § 129 AO gilt und grenzen Sie diesen von anderen Fehlerarten (z. B. Rechtsirrtum oder fehlende Tatsachenkenntnis) ab.**

Planen und entscheiden

- **Entwickeln Sie eine Strategie zur Überprüfung eines Steuerbescheids:**
  - **Skizzieren Sie ein allgemeines Prüfraster zur systematischen Betrachtung typischer Fehlerquellen zwischen Buchhaltung, Steuererklärung und Steuerbescheid (z. B. Kontrollsummen, Differenzbetrachtung, Prüfhinweise).**
  - **Entscheiden Sie, ob eine Berichtigung nach § 129 AO möglich ist, falls der Fehler beim Finanzamt entstanden ist, oder ob ein Einspruch erforderlich ist, falls der Fehler in der Steuererklärung liegt.**

Durchführen

1. **Klären Sie den Ursprung des Fehlers und bereiten Sie die entsprechenden Schritte vor:**
   a) **Antrag auf Berichtigung, falls der Fehler beim Finanzamt liegt.**
   b) **Einspruch und Korrektur der Steuererklärung, falls der Fehler durch die Steuerprogrammnutzung entstanden ist.**
2. **Entwerfen Sie entsprechende Anschreiben für die verschiedenen Möglichkeiten.**

Kontrolle

Überprüfen Sie die Ergebnisse der Überprüfung und die vorbereiteten Schreiben auf Vollständigkeit und Korrektheit, indem Sie Ihre Ausarbeitungen mit denen Ihrer Mitschülerinnen und Mitschüler vergleichen.

Bewerten

- **Beurteilen Sie die Erfolgsaussichten des Antrags auf Berichtigung oder des Einspruchs.**
- **Entwickeln Sie alternative Vorschläge für den Fall, dass der Antrag abgelehnt wird.**

Lernsituation 6: Säumniszuschläge: Ursachen, Zahlungshistorie und rechtliche Handlungsmöglichkeiten

Situationsbeschreibung

Die Einzelunternehmerin Lena Schneider hat eine Mahnung des Finanzamts erhalten, in der ein Säumniszuschlag von 250,00 € aufgrund einer verspäteten Zahlung der Umsatzsteuer für das vierte Quartal 01 festgesetzt wurde. Die Umsatzsteuer für dieses Quartal beläuft sich auf 25.000,00 €. Frau Schneider ist sich unsicher, ob die Festsetzung der Säumniszuschläge rechtmäßig ist, ob die Höhe korrekt berechnet wurde und ob sie gegen die Festsetzung vorgehen kann.

Die Umsatzsteuervoranmeldung wurde fristgerecht am 10.01.02 übermittelt. Frau Schneider überweist ihre Steuerzahlungen üblicherweise eigenständig. Laut Finanzamt wurde die Zahlung jedoch erst am 16.01.02 auf dem Finanzamtskonto verbucht, obwohl die Fälligkeit auf den 15.01.02 (Montag) fiel. Frau Schneider ist überzeugt, die Überweisung rechtzeitig am 12.01.02 angewiesen zu haben, und vermutet, dass der Fehler bei ihrer Bank liegt.

Frau Schneider hat in der Vergangenheit gelegentlich Zahlungen knapp vor oder nach der Fälligkeit geleistet. Sie bittet die Steuerkanzlei Rekens um Unterstützung, um den Ursprung der Verzögerung zu klären, die Rechtmäßigkeit der Festsetzung der Säumniszuschläge zu prüfen und geeignete Maßnahmen einzuleiten. Außerdem möchte sie wissen, wie sich ihre Zahlungshistorie auf die Erfolgsaussichten eines Antrags auf Erlass auswirken könnte.

Der Büroleiter Knut Hansen übergibt den Vorgang zur Überprüfung an die Auszubildende Julia Schuster.

Anlage: Diverse Rechtsvorschriften

Gesetz	Weblink	QR-Code
§ 240 AO	https://www.gesetze-im-internet.de/ao_1977/__240.html	
§ 227 AO	https://www.gesetze-im-internet.de/ao_1977/__227.html	

Informieren

- **Prüfen Sie die rechtlichen Grundlagen zur Festsetzung und Berechnung von Säumniszuschlägen gemäß § 240 AO.**
- **Untersuchen Sie die Verantwortung bei eigenständigen Überweisungen im Vergleich zu einer Einzugsermächtigung.**
- **Analysieren Sie die Zahlungshistorie von Frau Schneider und beurteilen Sie, welchen Einfluss diese auf die Erfolgsaussichten eines Antrags auf Erlass aus Billigkeitsgründen hat.**
- **Identifizieren Sie mögliche Fehlerquellen bei der Bank, die zur verspäteten Zahlung geführt haben könnten.**

Planen und entscheiden

- **Entwickeln Sie eine Strategie zur Prüfung der Festsetzung des Säumniszuschlags:**
  - **Prüfen Sie, ob die Festsetzung rechtmäßig ist.**
  - **Prüfen Sie, ob die Höhe korrekt ist.**
- **Klären Sie, ob ein Antrag auf Erlass gemäß § 227 AO sinnvoll ist, und berücksichtigen Sie dabei die Zahlungshistorie von Frau Schneider und eine mögliche Verantwortung der Bank.**

Durchführen

1. **Berechnen Sie den Säumniszuschlag und prüfen Sie die Übereinstimmung mit der Mahnung.**
2. **Erstellen Sie ein Schreiben an das Finanzamt, in dem die Klärung oder der Erlass des Säumniszuschlags beantragt wird.**

Kontrolle

Überprüfen Sie die Berechnungen und das Schreiben auf Vollständigkeit und Korrektheit, indem Sie Ihre Ausarbeitungen mit denen Ihrer Mitschülerinnen und Mitschüler vergleichen.

- **Beurteilen Sie die Erfolgsaussichten eines Antrags auf Erlass oder eines Einspruchs unter Berücksichtigung der Zahlungshistorie.**
- **Entwickeln Sie Empfehlungen für zukünftige Zahlungen (z. B. Nutzung einer Einzugsermächtigung).**

Bewerten

Lernsituation 7: Kommunikation mit Finanzbehörden bei Rückfragen

Situationsbeschreibung

Der selbstständige IT-Berater Lutz Fischer hat seine Umsatzsteuererklärung für das Jahr 01 fristgerecht eingereicht. Kurz darauf erhält er ein Schreiben vom Finanzamt mit Rückfragen zu einzelnen Positionen, insbesondere zu einem größeren Vorsteuerabzug für die Ausstattung seines Homeoffice. Das Finanzamt bittet um zusätzliche Belege und eine Erläuterung, ob das Arbeitszimmer nahezu ausschließlich beruflich genutzt wird.

Herr Fischer ist unsicher, wie er die Anfrage korrekt beantworten soll, und bittet die Steuerkanzlei Rekens um Unterstützung.

Das Schreiben des Finanzamts enthält eine Frist zur Beantwortung bis zum 20.03.02. Herr Fischer hat zwar einige Belege bereit, ist sich jedoch unsicher, ob diese ausreichen. Außerdem möchte er wissen, wie detailliert seine Antwort sein sollte und ob er dabei steuerliche Risiken eingeht.

Der Büroleiter Knut Hansen übergibt den Vorgang zur Überprüfung an den Auszubildenden Sven Dinges.

Anlage 1: Strukturierungshilfe „Checkliste für einzureichende Unterlagen“

Art der Unterlage	Beschreibung	Beigefügt? (ja/nein)

Anlage2: Diverse Rechtsvorschriften

Gesetz	Weblink	QR-Code
§ 15 UStG	https://www.gesetze-im-internet.de/ustg_1980/__15.html	
§ 4 (5) Nr. 6b EStG	https://www.gesetze-im-internet.de/estg/__4.html	

Informieren

- **Recherchieren Sie die rechtlichen Grundlagen für den Vorsteuerabzug im Zusammenhang mit Arbeitszimmern gemäß § 15 UStG und § 4 (5) Nr. 6b EStG.**
- **Klären Sie, welche Anforderungen das Finanzamt an die Nachweispflichten stellt (z. B. Rechnungen, Grundriss des Arbeitszimmers).**
- **Prüfen Sie die Frist und mögliche Folgen einer verspäteten Antwort.**

Planen und entscheiden

- **Entwickeln Sie eine Strategie zur Beantwortung der Anfrage:**
  - **Prüfen Sie, welche Unterlagen und Nachweise erforderlich sind.**
  - **Prüfen Sie, wie detailliert die Erläuterungen sein sollten.**
- **Bewerten Sie, ob steuerliche Risiken bestehen (z. B. mögliche Aberkennung des Vorsteuerabzugs).**

Durchführen

1. **Erstellen Sie ein Antwortschreiben an das Finanzamt, das die Fragen präzise beantwortet und die angeforderten Belege enthält.**
2. **Bereiten Sie eine Übersicht über die vorgelegten Unterlagen vor. Verwenden Sie hierzu die Checkliste von Anlage 1.**

Kontrolle

- **Prüfen Sie das Antwortschreiben auf Vollständigkeit und fachliche Richtigkeit, indem Sie Ihre Ausarbeitungen mit denen Ihrer Mitschülerinnen und Mitschüler vergleichen.**
- **Überlegen Sie, ob weitere Unterlagen oder Erläuterungen notwendig und sinnvoll sind.**

Bewerten

Reflektieren Sie die Qualität Ihrer Antworten und entwickeln Sie Empfehlungen, um zukünftige Rückfragen des Finanzamts zu minimieren (z. B. durch umfassendere Belegvorlagen bei der Einreichung der Steuererklärung).

Lernsituation 8: Unterstützung bei einer Betriebsprüfung

Situationsbeschreibung

Für die Römer & Partner GmbH wurde vom Finanzamt eine Betriebsprüfung für die Jahre 01 bis 03 angeordnet. Der Schwerpunkt der Prüfung liegt auf den Umsatzsteuervoranmeldungen und den Reisekostenabrechnungen. Das Schreiben zur Prüfungsanordnung wurde am 01.03.04 zugestellt, und der Prüfungsbeginn ist für den 18.03.04 angesetzt. Die Geschäftsführerin Karin Römer ist besorgt, dass Unstimmigkeiten in den Unterlagen zu Nachforderungen oder gar Bußgeldern führen könnten.

Frau Römer bittet die Steuerkanzlei Rekens um Unterstützung bei der Vorbereitung und Begleitung der Betriebsprüfung. Sie möchte sicherstellen, dass alle erforderlichen Belege vollständig und korrekt vorliegen, um Beanstandungen zu vermeiden. Darüber hinaus bittet sie um eine Einschätzung, welche Risiken mit der Prüfung verbunden sind und wie sie auf Rückfragen der Prüferin oder des Prüfers reagieren sollte.

Die Steuerberaterin Claudia Rekens übergibt den Vorgang zur Bearbeitung an die Steuerfachangestellte Maja Hoffmann.

Anlage 1: Schreiben des Finanzamts „Anordnung einer Außenprüfung“

Finanzamt Musterstadt

– Prüfungsstelle –

An
Römer & Partner GmbH
Musterstraße 12
12345 Musterstadt

Anordnung einer Außenprüfung

Sehr geehrte Damen und Herren,

gemäß § 193 Abs. 1 AO ordnen wir für Ihr Unternehmen eine Außenprüfung an.

Geprüft werden sollen die Besteuerungszeiträume 01 bis 03.

Prüfungsgegenstand:
- Umsatzsteuervoranmeldungen
- Reisekostenabrechnungen

Beginn der Prüfung: 18.03.04

Die Prüfung wird von der Betriebsprüferin Frau Gabriele Schulze durchgeführt.

Mit freundlichen Grüßen

i. A. Justus Dehmel

Finanzamt Musterstadt

Anlage 2: Strukturierungshilfe „Checkliste für die Überprüfung der Unterlagen“

Überprüfungsbereich	Unterlagen bereitgestellt? (ja/nein)	Überprüfung erfolgt? (ja/nein)

Anlage3: §§ 193 bis 203 Abgabenordnung

Gesetz	Weblink	QR-Code
§§ 193 bis 203 AO	https://www.gesetze-im-internet.de/ao_1977/	

Informieren

- **Recherchieren Sie die rechtlichen Grundlagen zur Betriebsprüfung gemäß §§ 193 bis 203 AO sowie die Rechte und Pflichten der bzw. des Steuerpflichtigen während der Prüfung.**
- **Identifizieren Sie typische Fehlerquellen bei Umsatzsteuervoranmeldungen und Reisekostenabrechnungen.**
- **Prüfen Sie die Prüfungsanordnung und klären Sie, ob diese formal korrekt ist.**

Planen und entscheiden

- **Entwickeln Sie eine Strategie zur optimalen Vorbereitung auf die Prüfung:**
  - **Prüfen Sie, welche Unterlagen bereitgestellt werden müssen.**
  - **Klären Sie ab, welche potenziellen Schwachstellen vorab überprüft werden sollten.**
- **Klären Sie, wie auf Rückfragen oder Beanstandungen der Prüferin oder des Prüfers reagiert werden sollte.**

Durchführen

1. **Unterstützen Sie die Römer & Partner GmbH bei der Zusammenstellung der relevanten Unterlagen.**
2. **Erstellen Sie eine Checkliste für den Prüfungsablauf. Verwenden Sie hierzu die Strukturierungshilfe von Anlage 2.**
3. **Erstellen Sie eine Übersicht über die Prüfungsfelder und identifizieren Sie mögliche Risiken.**
4. **Bereiten Sie Frau Römer auf den Ablauf der Prüfung vor und simulieren Sie mögliche Szenarien.**

Kontrolle

- **Überprüfen Sie die Vollständigkeit und Korrektheit der bereitgestellten Unterlagen, indem Sie Ihre Ausarbeitungen mit denen Ihrer Mitschülerinnen und Mitschüler vergleichen.**
- **Erstellen Sie eine Checkliste für den Prüfungsablauf. Verwenden Sie hierzu als Grundlage die Checkliste von Anlage 1.**
- **Klären Sie offene Fragen.**

Bewerten

- **Bewerten Sie die Erfolgsaussichten, die Prüfung ohne Beanstandungen abzuschließen.**
- **Entwickeln Sie Empfehlungen zur Verbesserung der Dokumentation und steuerlichen Prozesse, um künftige Prüfungen zu erleichtern.**

Lernsituation 9: Antrag auf Anpassung von Vorauszahlungen

Situationsbeschreibung

Die Schneider & Co. GmbH hat im laufenden Jahr aufgrund eines unerwartet großen Auftrags deutlich höhere Gewinne erzielt als ursprünglich geplant. Gleichzeitig plant das Unternehmen größere Investitionen, die das verfügbare Kapital stark belasten.

Hanno Schneider, der GmbH-Geschäftsführer, bittet die Steuerkanzlei Rekens um Unterstützung bei der Anpassung der vierteljährlichen Gewerbesteuervorauszahlungen, um die Liquidität des Unternehmens zu verbessern und die Steuerzahlungen an die tatsächliche finanzielle Situation anzupassen.

Die Steuerberaterin Claudia Rekens übergibt den Vorgang zur Bearbeitung an den Auszubildenden Sven Dinges.

Anlage 1: Angaben zur Schneider & Co. GmbH

Position	Betrag
erwarteter Unternehmensgewinn in 01	1.000.000,00 €
Hebesatz der Gemeinde	400 %
geplante Investitionen in 01	500.000,00 €
Nutzungsdauer der Investitionen (= Abschreibungsdauer)	10 Jahre
bisherige vierteljährliche Gewerbesteuervorauszahlungen	50.000,00 €

Anlage 2: § 19 (3) Gewerbesteuergesetz

Gesetz	Weblink	QR-Code
§ 19 (3) GewStG	https://www.gesetze-im-internet.de/gewstg/__19.html	

Informieren

- **Recherchieren Sie die rechtlichen Grundlagen für die Anpassung von Gewerbesteuervorauszahlungen gemäß § 19 (3) GewStG.**
- **Klären Sie, welche Daten und Nachweise zur Begründung eines Anpassungsantrags erforderlich sind.**
- **Berücksichtigen Sie die in Anlage 1 gemachten Angaben zur Schneider & Co. GmbH.**

Planen und entscheiden

Überlegen Sie, welche Nachweise dem Finanzamt vorgelegt werden sollten, um die Anpassung plausibel zu begründen.

Durchführen

1. **Berechnen Sie den voraussichtlichen Gewerbeertrag unter Berücksichtigung der geplanten Investitionen und der Abschreibungen.**
2. **Ermitteln Sie die neue Höhe der vierteljährlichen Vorauszahlungen.**
3. **Erstellen Sie einen Antrag auf Anpassung der Gewerbesteuervorauszahlungen, der die Berechnung und Begründung enthält.**

Kontrolle

- **Überprüfen Sie den Antrag auf formale Korrektheit und Vollständigkeit, indem Sie Ihre Ausarbeitungen mit denen Ihrer Mitschülerinnen und Mitschüler vergleichen.**
- **Klären Sie, ob alle relevanten Nachweise und Unterlagen vorliegen.**

Bewerten

- **Beurteilen Sie die Erfolgsaussichten des Antrags.**
- **Entwickeln Sie Empfehlungen zur langfristigen Steuer- und Liquiditätsplanung.**

Lernsituation 10: Antrag auf Stundung einer Steuerschuld

Situationsbeschreibung

Die Sunrise Event GmbH, ein Unternehmen für Veranstaltungsmanagement, hat aufgrund pandemiebedingter Absagen erhebliche Umsatzeinbußen erlitten. Trotz der Wiederaufnahme des Geschäftsbetriebs und aktueller Aufträge sind die Liquiditätsreserven nahezu aufgebraucht.

Das Finanzamt hat eine Umsatzsteuernachzahlung in Höhe von 50.000,00 € für das Jahr 01 festgesetzt, die am 15.03.01 fällig ist. Willy Wagner, der GmbH-Geschäftsführer, sieht sich außerstande, die Summe fristgerecht zu begleichen, ohne das Unternehmen in die Zahlungsunfähigkeit zu treiben.

Herr Wagner bittet deshalb die Steuerkanzlei Rekens um Unterstützung bei der Beantragung einer Stundung der Steuerschuld, um finanziellen Spielraum zu schaffen.

Er möchte wissen, unter welchen Voraussetzungen eine Stundung gewährt werden kann, welche Nachweise erforderlich sind und welche Alternativen bestehen, falls die Stundung abgelehnt wird.

Die Steuerberaterin Claudia Rekens übergibt die Mandantenanfrage zur Vorbereitung der Antworten an den Auszubildenden Sven Dinges.

Anlage: § 222 Abgabenordnung

Gesetz	Weblink	QR-Code
§ 222 AO	https://www.gesetze-im-internet.de/ao_1977/__222.html	

Informieren

- **Recherchieren Sie die gesetzlichen Grundlagen für eine Stundung gemäß § 222 AO.**
- **Klären Sie die Voraussetzungen für eine Stundung, insbesondere im Hinblick auf Liquiditätsschwierigkeiten und die Glaubhaftmachung einer vorübergehenden finanziellen Notlage.**
- **Untersuchen Sie, welche Nachweise und Dokumente dem Antrag beigefügt werden müssen.**

Planen und entscheiden

- **Entwickeln Sie eine Strategie zur Antragstellung:**
  - **Geben Sie an, welche Nachweise und Argumente erforderlich sind, um die Stundung plausibel zu begründen.**
  - **Prüfen Sie, ob eine Ratenzahlung vorgeschlagen werden sollte.**
- **Bewerten Sie mögliche Alternativen, falls der Stundungsantrag abgelehnt wird (z. B. Teilzahlung oder Finanzierung durch Dritte).**

Durchführen

Erstellen Sie einen Antrag auf Stundung der Steuerschuld, der die finanzielle Lage des Unternehmens darlegt und konkrete Vorschläge zur Rückzahlung enthält.

Kontrolle

- **Überprüfen Sie den Antrag auf formale Korrektheit und Vollständigkeit, indem Sie Ihre Ausarbeitungen mit denen Ihrer Mitschülerinnen und Mitschüler vergleichen.**
- **Klären Sie, ob alle relevanten Nachweise eingereicht wurden.**

Bewerten

- **Beurteilen Sie die Erfolgsaussichten des Stundungsantrags.**
- **Entwickeln Sie Empfehlungen, wie das Unternehmen zukünftige Liquiditätsengpässe vermeiden kann.**

Lernsituation 11: Klärung eines fehlerhaften Steuerbescheids

Situationsbeschreibung

Der selbstständige Architekt Felix Schröder hat seinen Einkommensteuerbescheid für das Jahr 01 erhalten und festgestellt, dass Fahrtkosten in Höhe von 1.200,00 € nicht berücksichtigt wurden. Diese Kosten hatte er in seiner Steuererklärung ordnungsgemäß als Betriebsausgaben angegeben. Die Fahrtkosten entstanden durch beruflich veranlasste Fahrten zu Baustellen und Kundenterminen.

Herr Schröder ist sich unsicher, warum die Kosten nicht anerkannt wurden, und bittet die Steuerkanzlei Rekens um Unterstützung. Er möchte wissen, ob der Fehler beim Finanzamt oder in seiner Steuererklärung liegt und welche rechtlichen Möglichkeiten bestehen, den Bescheid korrigieren zu lassen.

Die Steuerberaterin Claudia Rekens übergibt den Vorgang zur Prüfung an die Auszubildende Julia Schuster.

Anlage: Diverse Rechtsvorschriften

Gesetz	Weblink	QR-Code
§ 129 AO	https://www.gesetze-im-internet.de/ao_1977/__129.html	
§ 172 AO	https://www.gesetze-im-internet.de/ao_1977/__172.html	
§ 347 AO	https://www.gesetze-im-internet.de/ao_1977/__347.html	

Informieren

- **Recherchieren Sie die rechtlichen Grundlagen für die Berichtigung von Steuerbescheiden gemäß § 129 AO (offenbare Unrichtigkeit) und § 172 AO (schlichte Änderung).**
- **Klären Sie die Voraussetzungen für einen Einspruch gemäß § 347 AO.**
- **Untersuchen Sie mögliche Ursachen für die Nichtberücksichtigung der Fahrtkosten (z. B. fehlende Angaben in der Steuererklärung, Fehler bei der Verarbeitung durch das Finanzamt).**

Planen und entscheiden

- **Entwickeln Sie eine Strategie zur Klärung des Sachverhalts:**
  - **Geben Sie an, welche Unterlagen und Nachweise erforderlich sind.**
  - **Erläutern Sie, ob ein Antrag auf schlichte Änderung gestellt oder Einspruch eingelegt werden sollte.**

Durchführen

Erstellen Sie ein Schreiben an das Finanzamt, in dem die Sachlage dargelegt und eine Korrektur des Bescheids beantragt wird.

Kontrolle

- **Überprüfen Sie das Schreiben auf Vollständigkeit und Korrektheit, indem Sie Ihre Ausarbeitungen mit denen Ihrer Mitschülerinnen und Mitschüler vergleichen.**
- **Klären Sie, ob alle relevanten Nachweise eingereicht wurden.**

Bewerten

- **Beurteilen Sie die Erfolgsaussichten des Antrags oder Einspruchs.**
- **Entwickeln Sie Empfehlungen, wie Herr Schröder ähnliche Fehler in Zukunft vermeiden kann.**

Lernsituation 12: Steuererleichterungen: Stundung, Ratenzahlung und die Prüfung von Erlassmöglichkeiten

Situationsbeschreibung

Der Einzelunternehmer Kevin Becker hat Steuerschulden in Höhe von 20.000,00 € aufgebaut. Diese Schulden entstanden durch erhebliche Umsatzeinbußen während der Corona-Pandemie. Obwohl sich die wirtschaftliche Situation seines Unternehmens mittlerweile stabilisiert hat, ist Herr Becker nicht in der Lage, die Rückstände in voller Höhe auf einmal zu begleichen, ohne seine Liquidität stark zu gefährden.

Herr Becker bittet die Steuerkanzlei Rekens um Unterstützung bei der Prüfung seiner Möglichkeiten. Er möchte wissen:

- ob ein Antrag auf Steuererlass sinnvoll wäre oder ob die Voraussetzungen dafür nicht erfüllt sind,
- welche Alternativen wie Ratenzahlung oder Stundung infrage kommen und
- welche Nachweise erforderlich sind, um eine Steuererleichterung zu beantragen.

Der Büroleiter Knut Hansen beauftragt die Auszubildende Julia Schuster damit, die Antworten auf Herrn Beckers Fragen zusammenzustellen.

Anlage: Diverse Rechtsvorschriften

Gesetz	Weblink	QR-Code
§ 227 AO	https://www.gesetze-im-internet.de/ao_1977/__227.html	
§ 222 AO	https://www.gesetze-im-internet.de/ao_1977/__222.html	

Informieren

- **Recherchieren Sie die rechtlichen Grundlagen für Steuererleichterungen gemäß § 227 AO (Erlass) und § 222 AO (Stundung).**
- **Klären Sie die Voraussetzungen für einen Steuererlass, insbesondere die Anforderungen an die persönliche und sachliche Unbilligkeit.**
- **Analysieren Sie, welche Alternativen (z. B. Ratenzahlung oder Stundung) für Herrn Becker realistisch und sinnvoll sind.**

Planen und entscheiden

- **Entwickeln Sie eine Strategie zur Antragstellung:**
  - **Prüfen Sie, ob die Voraussetzungen für einen Steuererlass tatsächlich vorliegen.**
  - **Erarbeiten Sie Alternativvorschläge, wie eine Stundung oder Ratenzahlung.**
  - **Ermitteln Sie, welche Nachweise erforderlich sind, um die jeweilige Maßnahme zu beantragen**

Durchführen

Erstellen Sie ein Schreiben an das Finanzamt, das den Antrag auf Steuererleichterung begründet. Stellen Sie darin die Alternativen (z. B. Ratenzahlung) klar heraus.

Kontrolle

- **Überprüfen Sie das Schreiben auf Vollständigkeit und fachliche Korrektheit, indem Sie Ihre Ausarbeitungen mit denen Ihrer Mitschülerinnen und Mitschüler vergleichen.**
- **Klären Sie für Herrn Becker, ob alle relevanten Nachweise eingereicht wurden.**

Bewerten

- **Beurteilen Sie die Erfolgsaussichten eines Antrags auf Steuererlass im Vergleich zu alternativen Maßnahmen wie Stundung oder Ratenzahlung.**
- **Entwickeln Sie Empfehlungen, wie Herr Becker künftige Steuerschulden vermeiden kann.**

Lernsituation 13: Prüfung und Berichtigung von Grundlagenbescheiden

Situationsbeschreibung

Die WindTech AG, ein mittelständisches Unternehmen im Bereich erneuerbare Energien, hat kürzlich einen Grundlagenbescheid für die Gewerbesteuer erhalten. In diesem Bescheid wurde ein fehlerhafter Gewerbesteuermessbetrag von 40.000,00 € ausgewiesen. Der Finanzleiter Jens Krause bemerkt, dass der fehlerhafte Messbetrag zu einer überhöhten Gewerbesteuerlast im Folgebescheid führt, die Liquidität des Unternehmens belastet und nicht mit den Angaben in der Steuererklärung übereinstimmt.

Herr Krause beauftragt die Steuerkanzlei Rekens, den Grundlagenbescheid zu überprüfen und bei Bedarf eine Berichtigung zu veranlassen. Außerdem möchte er wissen, welche Auswirkungen der fehlerhafte Grundlagenbescheid auf die Folgebescheide hat und welche Fristen bei der Berichtigung eingehalten werden müssen.

Der Büroleiter Knut Hansen übergibt den Mandantenauftrag an die Steuerfachangestellte Maja Hoffmann, die in der Vergangenheit bereits einige Vorgänge der WindTech AG bearbeitet hat.

Anlage: Diverse Rechtsvorschriften

Gesetz	Weblink	QR-Code
§ 175 AO	https://www.gesetze-im-internet.de/ao_1977/__175.html	
§ 129 AO	https://www.gesetze-im-internet.de/ao_1977/__129.html	

Informieren

- **Recherchieren Sie die rechtlichen Grundlagen für die Berichtigung von Grundlagenbescheiden gemäß § 175 AO und § 129 AO.**
- **Klären Sie die Zusammenhänge zwischen Grundlagenbescheiden und Folgebescheiden sowie deren Auswirkungen.**
- **Untersuchen Sie die Fristen, die bei der Berichtigung eines Grundlagenbescheids zu beachten sind.**

Planen und entscheiden

- **Entwickeln Sie eine Strategie zur Berichtigung des Grundlagenbescheids:**
  - **Prüfen Sie, welche Unterlagen und Nachweise erforderlich sind.**
  - **Prüfen Sie, welche Rechtsmittel einzulegen sind, falls der Grundlagenbescheid nicht freiwillig berichtigt wird.**

Durchführen

Erstellen Sie ein Schreiben an die zuständige Behörde, in dem die Berichtigung des Grundlagenbescheids beantragt wird.

Kontrolle

- **Überprüfen Sie das Schreiben auf Vollständigkeit und Korrektheit.**
- **Klären Sie für Herrn Krause, ob die vorliegenden Nachweise alle relevanten Informationen enthalten.**

Bewerten

- **Beurteilen Sie die Erfolgsaussichten des Berichtigungsantrags und mögliche Auswirkungen auf die Folgebescheide.**
- **Entwickeln Sie Empfehlungen, wie die WindTech AG ähnliche Fehler in Zukunft vermeiden kann.**

Lernsituation 14: Antrag auf verbindliche Auskunft

Situationsbeschreibung

Ina Kellermann, Inhaberin eines Einzelunternehmens im Bereich Marketingberatung, plant, ihren Ehemann Jan Kellermann im Rahmen eines sozialversicherungspflichtigen Arbeitsverhältnisses in Teilzeit anzustellen. Herr Kellermann soll administrative Aufgaben übernehmen und im Bereich Kundenkommunikation unterstützen.

Der Arbeitsvertrag sieht eine Arbeitszeit von 20 Stunden pro Woche bei einem monatlichen Bruttogehalt von 5.000,00 € vor. Zusätzlich ist vertraglich geregelt, dass Herr Kellermann während der Arbeitszeit die Möglichkeit hat, seine privaten Projekte zu bearbeiten, sofern keine dringenden Aufgaben für das Unternehmen anstehen. Frau Kellermann möchte das Gehalt und die damit verbundenen Aufwendungen als Betriebsausgaben absetzen.

Aufgrund der ungewöhnlich hohen Vergütung für eine Teilzeitstelle und der flexiblen Regelung der Arbeitszeit hat Frau Kellermann Zweifel, ob das Finanzamt das Arbeitsverhältnis steuerlich anerkennen wird. Sie bittet deshalb die Steuerkanzlei Rekens darum, eine verbindliche Auskunft beim Finanzamt einzuholen, um steuerliche Risiken zu minimieren.

Die Steuerberaterin Claudia Rekens übergibt den Vorgang zur Bearbeitung an die Auszubildende Julia Schuster.

Anlage: § 89 Abgabenordnung

Gesetz	Weblink	QR-Code
§ 89 AO	https://www.gesetze-im-internet.de/ao_1977/__89.html	

Informieren

- **Recherchieren Sie die gesetzlichen Anforderungen an die steuerliche Anerkennung von Arbeitsverträgen zwischen Ehegatten, insbesondere den Fremdvergleichsgrundsatz.**
- **Klären Sie, welche Bedeutung ungewöhnliche Vertragsbestandteile wie ein überdurchschnittlich hohes Gehalt oder flexible Arbeitszeitregelungen für die steuerliche Anerkennung haben.**
- **Analysieren Sie die Voraussetzungen für eine verbindliche Auskunft gemäß § 89 AO.**

Planen und entscheiden

- **Entwickeln Sie eine Strategie zur Beantragung der verbindlichen Auskunft:**
  - **Prüfen Sie, welche Punkte des Vertrags besonders hervorgehoben und begründet werden sollten.**
  - **Prüfen Sie, welche Unterlagen und Nachweise erforderlich sind, um die steuerliche Anerkennung plausibel darzulegen.**

Durchführen

Erstellen Sie einen Antrag auf verbindliche Auskunft, der die besonderen Vertragsbestandteile und die steuerlichen Fragestellungen präzise darlegt.

Kontrolle

- **Überprüfen Sie den Antrag auf Vollständigkeit und fachliche Korrektheit.**
- **Klären Sie für Frau Kellermann, ob alle relevanten Nachweise enthalten sind.**

Bewerten

- **Beurteilen Sie die Erfolgsaussichten des Antrags und die steuerlichen Risiken, falls das Arbeitsverhältnis nicht anerkannt wird.**
- **Entwickeln Sie Empfehlungen, wie Frau Kellermann das Arbeitsverhältnis gegebenenfalls anpassen kann, um die Anerkennung zu erleichtern.**

Lernsituation 15: Stundung von Steuerschulden und ihre Rolle bei der Vermeidung von Insolvenzgründen gemäß §§ 17 und 18 InsO

Situationsbeschreibung

Die Schöller Bau GmbH, ein mittelständisches Bauunternehmen, steht vor erheblichen Liquiditätsproblemen. Die gestiegenen Materialkosten und verzögerte Kundenzahlungen führen dazu, dass die Umsatzsteuerzahlung in Höhe von 70.000,00 €, die am 15.03.01 fällig ist, nicht fristgerecht gezahlt werden kann.

Der Geschäftsführer Mark Schöller möchte eine Stundung gemäß § 222 AO beantragen, um die Steuerverbindlichkeit in Raten zahlen zu können. Gleichzeitig besteht die Sorge, dass die finanzielle Situation als Zahlungsunfähigkeit nach § 17 InsO oder drohende Zahlungsunfähigkeit nach § 18 InsO bewertet werden könnte.

Da das Finanzamt einer der größten Gläubiger des Unternehmens ist, könnte die Entscheidung über den Stundungsantrag maßgeblich dazu beitragen, die Insolvenzreife des Unternehmens zu verhindern. Herr Schöller bittet die Steuerberaterin Claudia Rekens um Unterstützung bei der Antragstellung und eine Einschätzung, ob die Insolvenzordnung relevant wird, falls der Stundungsantrag abgelehnt wird.

Frau Rekens übergibt den Vorgang zur Überprüfung und Einschätzung an ihren erfahrenen Büroleiter Knut Hansen.

Anlage: Diverse Rechtsvorschriften

Gesetz	Weblink	QR-Code
§ 222 AO	https://www.gesetze-im-internet.de/ao_1977/__222.html	
§ 17 InsO	https://www.gesetze-im-internet.de/inso/__17.html	
§ 18 InsO	https://www.gesetze-im-internet.de/inso/__18.html	

Informieren

- **Recherchieren Sie die gesetzlichen Grundlagen für die Stundung von Steuerverbindlichkeiten gemäß § 222 AO und die Insolvenzgründe nach §§ 17 und 18 InsO.**
- **Klären Sie, wie eine Stundung helfen kann, die Zahlungsunfähigkeit oder drohende Zahlungsunfähigkeit zu vermeiden.**
- **Analysieren Sie die Verbindung zwischen den Regelungen der AO und der InsO in Bezug auf Steuerverbindlichkeiten.**

Planen und entscheiden

- **Entwickeln Sie eine Strategie zur Antragstellung:**
  - **Prüfen Sie, welche Nachweise und Argumente erforderlich sind, um das Finanzamt von der Zahlungsfähigkeit des Unternehmens zu überzeugen.**
  - **Prüfen Sie, wie die Anforderungen der Insolvenzordnung gleichzeitig berücksichtigt werden können.**

Durchführen

Erstellen Sie einen schriftlichen Stundungsantrag, der die finanzielle Lage des Unternehmens beschreibt und darlegt, dass keine Zahlungsunfähigkeit oder drohende Zahlungsunfähigkeit vorliegt.

Kontrolle

- **Überprüfen Sie den Antrag auf Vollständigkeit und fachliche Korrektheit, indem Sie Ihre Ausarbeitungen mit denen Ihrer Mitschülerinnen und Mitschüler vergleichen.**
- **Klären Sie für Herrn Schöller, ob alle relevanten Nachweise enthalten sind.**

Bewerten

- **Beurteilen Sie die Erfolgsaussichten des Stundungsantrags und die Konsequenzen bei einer Ablehnung, insbesondere im Hinblick auf die Insolvenzordnung.**
- **Entwickeln Sie Empfehlungen, wie die Schöller Bau GmbH künftige Liquiditätsprobleme vermeiden kann.**

Lernsituation 16: Antrag auf Anpassung eines Grundlagenbescheids aufgrund geänderter Tatsachen

Situationsbeschreibung

Die SolarTech AG, ein mittelständisches Unternehmen im Bereich erneuerbare Energien, hat vom Finanzamt einen Grundlagenbescheid zur Gewerbesteuer für das Jahr 01 erhalten. Der Grundlagenbescheid weist einen Gewerbesteuermessbetrag in Höhe von 50.000,00 € aus. Dieser Betrag wurde auf Grundlage der ursprünglichen Steuererklärung festgesetzt.

Nachträglich hat das Unternehmen jedoch festgestellt, dass ein wesentlicher Buchungsfehler vorliegt: Eine Betriebsausgabe in Höhe von 25.000,00 €, die für Beratungsleistungen im Zusammenhang mit einem neuen Großprojekt angefallen ist, wurde versehentlich nicht berücksichtigt. Dies hat dazu geführt, dass das steuerpflichtige Einkommen und der Gewerbesteuermessbetrag zu hoch angesetzt wurden.

Die Geschäftsführung der SolarTech AG bittet die Steuerkanzlei Rekens um Unterstützung bei der Prüfung des Sachverhalts und der Beantragung einer Änderung des Grundlagenbescheids, um den korrekten Gewerbesteuermessbetrag feststellen zu lassen. Gleichzeitig möchte das Unternehmen wissen, wie sich der korrigierte Grundlagenbescheid auf den Gewerbesteuerfolgebescheid auswirkt.

Die Steuerberaterin Claudia Rekens übergibt den Vorgang zur Bearbeitung an ihren Mitarbeiter Amir Özkan.

Anlage: Diverse Rechtsvorschriften

Gesetz	Weblink	QR-Code
§ 175 AO	https://www.gesetze-im-internet.de/ao_1977/__175.html	
§ 129 AO	https://www.gesetze-im-internet.de/ao_1977/__129.html	

Informieren

- **Recherchieren Sie die gesetzlichen Grundlagen für die Anpassung eines Grundlagenbescheids gemäß § 175 AO (Änderung wegen neuer Tatsachen oder Beweise) und § 129 AO (offenbare Unrichtigkeit).**
- **Klären Sie die rechtliche Bedeutung des Grundlagenbescheids und seinen Einfluss auf Folgebescheide, insbesondere auf die Gewerbesteuerfestsetzung.**

Planen und entscheiden

- **Entwickeln Sie eine Strategie für die Beantragung der Anpassung des Grundlagenbescheids:**
  - **Prüfen Sie, welche Beweise und Nachweise vorgelegt werden müssen, um die Korrektur zu rechtfertigen.**
  - **Geben Sie an, welche Fristen beachtet werden müssen.**

Erstellen Sie ein Schreiben an das Finanzamt, in dem die Änderung des Grundlagenbescheids beantragt wird.

Durchführen

- **Überprüfen Sie das Schreiben auf Vollständigkeit und fachliche Korrektheit, indem Sie Ihre Ausarbeitungen mit denen Ihrer Mitschülerinnen und Mitschüler vergleichen.**
- **Klären Sie für die Geschäftsführung, ob alle relevanten Nachweise beigefügt wurden.**

Kontrolle

- **Beurteilen Sie die Erfolgsaussichten des Änderungsantrags und die Konsequenzen für den Folgebescheid.**
- **Entwickeln Sie Empfehlungen, wie das Unternehmen ähnliche Fehler in Zukunft vermeiden kann.**

Bewerten

Lernsituation 17: Fristverlängerung

Situationsbeschreibung

Die DesignArt GmbH, ein Unternehmen im Bereich Innenarchitektur, hat vom Finanzamt die Aufforderung zur Abgabe der Körperschaftsteuer- und Gewerbesteuererklärungen für das Jahr 01 bis zum 31.07.02 erhalten. Aufgrund außergewöhnlicher Umstände bittet die Geschäftsführung die Steuerkanzlei Rekens um Unterstützung. Es gibt zwei voneinander unabhängige Sachverhalte, die geprüft werden sollen:

1. Sachverhalt: Krankheit des Geschäftsführers
Der Geschäftsführer Enzo Weber ist seit Anfang Juli 02 krankheitsbedingt ausgefallen. Aufgrund seines Ausfalls konnten die notwendigen Vorarbeiten für die Erstellung der Steuererklärungen nicht rechtzeitig abgeschlossen werden. Die Frage ist, ob eine Fristverlängerung bis zum 30.09.02 beantragt werden sollte und ob dieser Grund vom Finanzamt akzeptiert werden könnte.

2. Sachverhalt B: Verlust von Unterlagen durch einen Wasserschaden
Ein Wasserschaden im Bürogebäude hat wesentliche Buchhaltungsunterlagen, die für die Erstellung der Steuererklärungen notwendig sind, zerstört. Die Wiederherstellung der Unterlagen dauert an. Die Frage ist, ob eine Fristverlängerung beim Finanzamt beantragt werden sollte und ob der Wasserschaden als triftiger Grund anerkannt werden könnte.

Die Steuerberaterin Claudia Rekens übergibt die beiden Sachverhalte zur gemeinsamen Bearbeitung an ihre Auszubildenden Julia Schuster und Sven Dinges.

Anlage: § 109 Abgabenordnung

Gesetz	Weblink	QR-Code
§ 109 AO	https://www.gesetze-im-internet.de/ao_1977/__109.html	

Informieren

- **Recherchieren Sie die gesetzlichen Grundlagen für die Beantragung einer Fristverlängerung gemäß § 109 AO.**
- **Klären Sie, ob die jeweiligen Sachverhalte (Krankheit des Geschäftsführers oder Verlust von Unterlagen durch einen Wasserschaden) als triftige Gründe für eine Fristverlängerung anerkannt werden könnten.**

Planen und entscheiden

- **Beurteilen Sie für beide Sachverhalte, ob ein Antrag an das Finanzamt sinnvoll ist:**
  - **Prüfen Sie, welche Erfolgsaussichten bestehen.**
  - **Geben Sie an, welche Alternativen es gibt, falls ein Antrag nicht sinnvoll erscheint.**

Durchführen

Falls ein Antrag sinnvoll erscheint, formulieren Sie ein entsprechendes Schreiben für das Finanzamt.

Kontrolle

Überprüfen Sie, ob der Antrag auf Fristverlängerung alle relevanten Informationen und Nachweise enthält, indem Sie Ihre Ausarbeitungen mit denen Ihrer Mitschülerinnen und Mitschüler vergleichen.

Bewerten

- **Analysieren Sie die Erfolgsaussichten für beide Sachverhalte.**
- **Entwickeln Sie Empfehlungen, wie die DesignArt GmbH ähnliche Situationen in Zukunft vermeiden kann.**

Lernsituation 18: Verjährung im Steuerrecht

Situationsbeschreibung

Der selbstständige Architekt Kai-Uwe Schröder hat im März 08 einen Steuerbescheid erhalten, der eine Nachforderung in Höhe von 10.000,00 € für das Steuerjahr 01 enthält. Herr Schröder möchte wissen, ob die Forderung möglicherweise verjährt ist, und bittet die Steuerkanzlei Rekens um eine Überprüfung des Bescheids.

Die Steuerberaterin Claudia Rekens übergibt die Mandantenanfrage zur Überprüfung an die Steuerfachangestellte Maja Hoffmann.

Anlage: Diverse Rechtsvorschriften

Gesetz	Weblink	QR-Code
§ 169 AO	https://www.gesetze-im-internet.de/ao_1977/__169.html	

Gesetz	Weblink	QR-Code
§ 170 AO	https://www.gesetze-im-internet.de/ao_1977/__170.html	
§ 171 AO	https://www.gesetze-im-internet.de/ao_1977/__171.html	

- **Klären Sie die gesetzlichen Grundlagen zur Festsetzungsverjährung (§§ 169 bis 171 AO).**
- **Ermitteln Sie, wie die Fristen berechnet werden, und welche Ereignisse die Verjährung hemmen oder unterbrechen können.**

Informieren

Entwickeln Sie einen Entscheidungsbaum, der die Verjährung der Steuerforderung Schritt für Schritt prüft.

Planen und entscheiden

Analysieren Sie den Bescheid und bewerten Sie, ob die Verjährungsfrist abgelaufen ist.

Durchführen

Entscheiden Sie, ob ein Einspruch sinnvoll ist, und empfehlen Sie das weitere Vorgehen.

Kontrolle

Beurteilen Sie die Erfolgsaussichten für den Einspruch.

Bewerten

Lernsituation 19: Außenprüfung und Nachschau

Situationsbeschreibung

Die CleanTech GmbH erhält eine Ankündigung zur Umsatzsteuer-Nachschau. Die Geschäftsführerin Tatjana Anselm ist sich unsicher, was das Finanzamt genau prüfen wird und wie sie sich vorbereiten kann.

Sie bittet die Steuerkanzlei Rekens um Unterstützung.

Da der Büroleiter Knut Hansen die CleanTech GmbH seit vielen Jahren betreut und zudem auch noch der Onkel von Frau Anselm ist, kümmert er sich selbst um die Angelegenheit.

Anlage: § 194 Abgabenordnung

Gesetz	Weblink	QR-Code
§ 194 AO	https://www.gesetze-im-internet.de/ao_1977/__194.html	

Informieren

Recherchieren Sie die rechtlichen Grundlagen der Nachschau gemäß § 194 AO und die Rechte und Pflichten des Unternehmens.

Planen und entscheiden

Entwickeln Sie einen Ablaufplan für die Vorbereitung auf die Nachschau.

Durchführen

- **Simulieren Sie eine Nachschau mit der Geschäftsführung, um mögliche Fragen und Abläufe zu klären.**
- **Führen Sie die Simulation gemeinsam mit Ihren Mitschülerinnen und Mitschülern als Rollenspiel durch.**

Kontrolle

Geben Sie Feedback zur Simulation und empfehlen Sie Verbesserungen.

Bewerten

Überlegen Sie, wie Sie Ihr Verhalten bei dem Rollenspiel verbessern können.

Lernsituation 20: Ermessensspielräume der Finanzbehörde

Situationsbeschreibung

Klaus Windisch muss einen Verspätungszuschlag von 300,00 € zahlen, während ein Bekannter für dieselbe Fristüberschreitung keinen Zuschlag zahlen musste.

Herr Windisch möchte von Maja Hoffmann, Angestellte der Steuerkanzlei Rekens, wissen, ob diese Entscheidung rechtmäßig ist und ob er dagegen vorgehen kann.

Anlage: Diverse Rechtsvorschriften

Gesetz	Weblink	QR-Code
§ 5 AO	https://www.gesetze-im-internet.de/ao_1977/__5.html	

Gesetz	Weblink	QR-Code
Art 3 GG	https://www.gesetze-im-internet.de/gg/art_3.html	

Informieren

Recherchieren Sie die Regelungen zu Ermessensentscheidungen (§ 5 AO) und den Gleichheitsgrundsatz (Art 3 GG).

Planen und entscheiden

Erstellen Sie eine Pro- und Contraliste, die die Argumente für und gegen einen Einspruch aufzeigt.

Durchführen

Diskutieren Sie die Pro- und Contraliste mit Ihren Mitschülerinnen und Mitschülern und entwickeln Sie gemeinsam eine Entscheidung für oder gegen einen Einspruch.

Kontrolle

Vergleichen Sie Ihre Pro- und Contraliste mit den Listen Ihrer Mitschülerinnen und Mitschüler, um festzustellen, ob Sie alle relevanten Punkte erfasst haben

---

Bewerten

- **Überlegen Sie, wie Sie Ihr Verhalten bei der Diskussion mit Ihren Mitschülerinnen und Mitschülern noch verbessern können.**
- **Geben Sie eine Einschätzung, ob ein Einspruch Erfolg haben könnte.**

Lernsituation 21: Einspruch gegen einen Steuerbescheid

Situationsbeschreibung

Der angestellte Ingenieur Kurt Berger hat seinen Einkommensteuerbescheid für das Jahr 01 am 15.04.02 per Post erhalten.

Herr Berger hatte ein Fahrtenbuch geführt und insgesamt 3.500,00 € Werbungskosten angegeben, wovon aber nur 1.500,00 € anerkannt wurden. Er ist sich unsicher, ob er gegen den Bescheid Einspruch einlegen soll, und bittet die Steuerkanzlei Rekens darum, die rechtlichen Voraussetzungen und Erfolgsaussichten eines Einspruchs zu prüfen.

Die Steuerberaterin Claudia Rekens übergibt die Unterlagen des Mandanten an die Steuerfachangestellte Maja Hoffmann zur Prüfung.

Anlage: § 347 Abgabenordnung

Gesetz	Weblink	QR-Code
§ 347 AO	https://www.gesetze-im-internet.de/ao_1977/__347.html	

Informieren

- **Recherchieren Sie die gesetzlichen Grundlagen des Einspruchs gemäß § 347 AO.**
- **Klären Sie, welche Voraussetzungen erfüllt sein müssen, damit ein Einspruch zulässig und begründet ist (z. B. Frist, Form, Begründung).**

Planen und entscheiden

Entwickeln Sie einen Entscheidungsbaum, der die Schritte zur Prüfung der Zulässigkeit und Begründetheit eines Einspruchs systematisch darstellt.

Durchführen

1. **Analysieren Sie den Bescheid von Herrn Berger und prüfen Sie, ob die Voraussetzungen für einen Einspruch erfüllt sind.**
2. **Übertragen Sie die Analyseergebnisse in den Entscheidungsbaum.**

Kontrolle

Überprüfen Sie, on Ihr Entscheidungsbaum alle relevanten Schritte enthält, indem Sie Ihre Aufzeichnungen mit denen Ihrer Mitschülerinnen und Mitschüler vergleichen.

Bewerten

Beurteilen Sie, ob ein Einspruch erfolgversprechend ist, und empfehlen Sie das weitere Vorgehen.

Lernsituation 22: Aussetzung einer Vollziehung beantragen

Situationsbeschreibung

Die Bergmüller & Partner GmbH hat gegen ihren Körperschaftsteuerbescheid Einspruch eingelegt, da sie der Ansicht ist, dass die festgesetzte Steuer um 15.000,00 € zu hoch ist. Der Geschäftsführer Leo Bergmüller möchte die Zahlung dieser Summe vorerst vermeiden, da die Liquidität des Unternehmens stark belastet ist.

Er bittet Knut Hansen, den Büroleiter der Steuerkanzlei Rekens, um Unterstützung bei der Vorbereitung eines Antrags auf Aussetzung der Vollziehung. Gleichzeitig möchte er sich auf ein mögliches Gespräch mit einem Finanzbeamten vorbereiten, falls das Finanzamt Rückfragen hat.

Da die Auszubildende Maja Hoffmann bereits bei einigen vergleichbaren Vorgängen involviert war, übergibt ihr Herr Hansen die Unterlagen der GmbH zur weiteren Bearbeitung.

Anlage: Diverse Rechtsvorschriften

Gesetz	Weblink	QR-Code
§ 361 AO	https://www.gesetze-im-internet.de/ao_1977/__361.html	
§ 69 FGO	https://www.gesetze-im-internet.de/fgo/__69.html	

Informieren

- **Klären Sie die gesetzlichen Grundlagen für die Aussetzung der Vollziehung gemäß § 361 AO und § 69 FGO.**
- **Erörtern Sie die Voraussetzungen und die Konsequenzen einer Aussetzung der Vollziehung.**

Planen und entscheiden

- **Entwickeln Sie einen Ablaufplan zur Vorbereitung eines Antrags auf Aussetzung der Vollziehung.**
- **Planen Sie ein Rollenspiel, in dem der Geschäftsführer ein Gespräch mit einer Finanzbeamtin oder einem Finanzbeamten simuliert.**

Durchführen

Simulieren Sie ein Rollenspiel:

- **Eine Teilnehmerin oder ein Teilnehmer übernimmt die Rolle der Finanzbeamtin oder des Finanzbeamten, einen andere oder ein anderer die der Geschäftsführerin oder des Geschäftsführers.**
- **Besprechen Sie typische Fragen und mögliche Antworten.**

Kontrolle

Überprüfen Sie, ob der Ablaufplan beim Rollenspiel eingehalten wurde.

Bewerten

- **Geben Sie Feedback zum Rollenspiel und erarbeiten Sie Verbesserungsvorschläge.**
- **Bewerten Sie die Erfolgsaussichten des Antrags auf Aussetzung der Vollziehung und entwickeln Sie Empfehlungen**

Lernsituation 23: Prüfung eines fehlerhaften Steuerbescheids

Situationsbeschreibung

Die Möbius GmbH hat ihren Gewerbesteuerbescheid für das Jahr 01 erhalten. Der Geschäftsführer Justus Möbius bemerkt, dass die Steuerforderung höher ist als erwartet. Er vermutet einen Rechenfehler im Bescheid oder eine fehlerhafte Übernahme der Werte aus der Steuererklärung.

Herr Möbius bittet die Steuerkanzlei Rekens darum, den Bescheid auf mögliche Fehler zu prüfen und das weitere Vorgehen zu klären.

Da sich Sven Dinges inzwischen bei der Gewerbesteuer gut eingearbeitet hat, übergibt ihm die Steuerberaterin Claudia Rekens den Vorgang zur Prüfung.

Anlage 1: Gewerbesteuerbescheid der Möbius GmbH (Auszug)

GEWERBESTEUERBESCHEID

Steuerpflichtige/-r: Möbius GmbH
Anschrift: Innovationsstraße 1, 12345 Musterstadt
Steuernummer: 123/456/78901
Erhebungszeitraum: 01.01.01 bis 31.12.01

Festsetzung der Gewerbesteuer
Gewerbeertrag: 200.000,00 €
Steuermesszahl: 3,5 %
Gewerbesteuermessbetrag: 7.000,00 €
Hebesatz: 400 %
festgesetzte Gewerbesteuer: 28.000,00 €

Begründung
Der erklärte Gewinn aus Gewerbebetrieb in Höhe von 180.000,00 € wurde um 20.000,00 € erhöht. Die Erhöhung resultiert aus nicht anerkannten Betriebsausgaben, da keine entsprechend ausreichenden Nachweise vorlagen.

Rechtsbehelfsbelehrung
Gegen diesen Bescheid kann gemäß § 355 AO innerhalb eines Monats nach Bekanntgabe Einspruch eingelegt werden. Alternativ kann ein Antrag auf schlichte Änderung gemäß § 172 AO gestellt werden.

ausgestellt am: 12.03.02
Bekanntgabe am: 14.03.02

Anlage 2: Diverse Rechtsvorschriften

Gesetz	Weblink	QR-Code
§ 172 AO	https://www.gesetze-im-internet.de/ao_1977/__172.html	
§ 129 AO	https://www.gesetze-im-internet.de/ao_1977/__129.html	

Informieren

- **Klären Sie, welche Punkte in einem Steuerbescheid geprüft werden müssen (z. B. Rechenfehler, formelle Richtigkeit, Abweichungen zur Steuererklärung).**
- **Erläutern Sie die relevanten Regelungen zu schlichten Änderungen (§ 172 AO) und zur Berichtigung offenbarer Unricbtigkeiten (§ 129 AO).**

Planen und entscheiden

- **Entwickeln Sie eine strukturierte Checkliste, die alle relevanten Prüfungsaspekte eines Steuerbescheids enthält.**
- **Entscheiden Sie, ob ein Antrag auf Berichtigung oder eine schlichte Änderung sinnvoll ist.**

Durchführen

1. **Analysieren Sie den fehlerhaften Gewerbesteuerbescheid der Möbius GmbH und identifizieren Sie die Fehlerquellen.**
2. **Dokumentieren Sie die Abweichungen und prüfen Sie, welche rechtlichen Schritte notwendig sind.**

Kontrolle

Vergleichen Sie Ihre Checkliste mit den Aufzeichnungen Ihrer Mitschülerinnen und Mitschüler und stellen Sie fest, ob Sie wichtige Aspekte vergessen haben.

Bewerten

Geben Sie eine Empfehlung, ob der Bescheid korrigiert werden sollte und wie dies erreicht werden kann.

Lernfeld 12:

Beratung von Mandantinnen und Mandanten im Team mitgestalten

Zielbeschreibung:

Die Schülerinnen und Schüler verfügen über die Kompetenz, die betriebswirtschaftliche und steuerrechtliche Beratung von Mandantinnen und Mandanten im Team vorzubereiten und zu unterstützen.

12

Lernlandkarte zu Lernfeld 12: Beratung von Mandantinnen und Mandanten im Team mitgestalten

Wie funktioniert die Kommunikation bei Mandantenberatungsgesprächen?

Lernsituation 1: Kommunikation bei Mandantenberatungsgesprächen

↓

Welche Rolle spielen Körpersprache, Sprache und Fragen bei Mandantenberatungsgesprächen?

Lernsituation 2: Körpersprache, Sprache und Fragen in Beratungsgesprächen

↓

Welche Verhandlungsstrategien gibt es?

Lernsituation 3: Verhandlungsstrategien

↓

In welchen Phasen laufen Mandantenberatungsgespräche ab?

Lernsituation 4: Mandantenberatungsgespräche

↓

Welche Fehler können bei Beratungsgesprächen entstehen und was ist bei der Behandlung von Einwänden zu beachten?

Lernsituation 5: Fehler bei Beratungsgesprächen und Einwandbehandlung

↓

Auf was sollte bei der Beratung ausländischer Mandantinnen und Mandanten geachtet werden?

Lernsituation 6: Interkulturelle Auswirkungen auf Beratungsgespräche

↓

Wie lauten die wichtigsten Steuerbegriffe in Englisch?

Lernsituation 7: Englisch in einer Steuerkanzlei

Lernsituation 1: Kommunikation bei Mandantenberatungsgesprächen

Situationsbeschreibung

Situation 1

Die Steuerberaterin Claudia Rekens führt mit einer Mandantin in den Räumen ihrer Steuerkanzlei ein Beratungsgespräch:

„... Also, ich würde das wie von mir vorgeschlagen ansetzen. Ich bin die Fachfrau, akzeptieren Sie meine Meinung. Los, machen Sie das so!“

Situation 2

Zur gleichen Zeit möchte sich der Auszubildende Sven Dinges in der Steuerkanzlei ein neues Programm erklären lassen und wendet sich schüchtern und mit leiser Stimme an den für die EDV-Anlage zuständigen Kollegen Amir Özkan. Dieser verdreht die Augen und seufzt, starrt Sven Dinges an und sagt dann laut und bestimmt:

„Du musst aber auch ständig fragen. Das kann Dir Deine Kollegin Julia Schuster erklären, die ist gerade in der Frühstückspause.“

Sven Dinges ärgert sich, schluckt, sagt aber nichts.

Informationen zum Lösen der Aufgaben zu der Situationsbeschreibung finden Sie im Lehrbuch „Ausbildung zum/zur Steuerfachangestellten, 3. Ausbildungsjahr“, in Lernfeld 12 Kapitel 3.

Informieren

- **Nennen Sie Probleme, die sich aus den beiden Situationen für die Steuerkanzlei ergeben können.**
- **Benennen Sie das Ziel, das die Steuerkanzlei verfolgen sollte, damit das Problem gelöst werden kann.**

Planen und entscheiden

Geben Sie an, wie die Steuerkanzlei das Ziel erreichen kann.

Durchführen

1. **Erläutern Sie den Begriff Gespräch.**
2. **Führen Sie Instrumente für eine erfolgreiche Gesprächsführung auf.**
3. **Hilfreich für eine erfolgreiche Kommunikation ist auch die Verwendung von Ich-Botschaften. Wandeln Sie die folgenden Aussagen in Ich-Botschaften um.**

So geht das nicht! Sie benutzen immer meinen Locher – und danach ist er dann weg.	
Sie vermasseln doch jeden Vertragsabschluss!	
Sie haben sich nicht an unserer Projektarbeit beteiligt.	
Sie sollten sich mal in Kommunikationsregeln schulen lassen. Immer tratschen Sie alles weiter!	
Sie reden immer dazwischen. Warum können Sie nicht mal nachdenken, bevor Sie etwas sagen?	

4. **Negative Formulierungen verstärken in Gesprächen das Negative und vermindern die Chance auf einen konstruktiven Verlauf des Gesprächs. Auch negative Sachverhalte bzw. Gefühle sollten deshalb positiv formuliert werden. Ersetzen Sie in der folgenden Tabelle jede negative Formulierung durch eine positive.**

kein Problem	
Ich habe jetzt keine Zeit.	
Das ist nicht unrealistisch.	
Das muss nicht sein.	
Sie müssen den Abfall noch rausbringen!	
Ich habe jetzt keine Lust, mit Ihnen zu reden!	
Darüber kann ich Ihnen keine Auskunft geben!	
Ich bin nicht der richtige Ansprechpartner.	

5. Um erfolgreich zu kommunizieren, sollten verschiedene Regeln eingehalten werden. Ergänzen Sie die folgende Tabelle um die fehlenden Angaben.

Regel	Erläuterung
Beachten des einfachen Kommunikationsmodells	
	Informationen werden nicht nur auf einer sachlichen Ebene, sondern auch auf emotionalen Ebenen mitgeteilt.
	Die Stellung des/der Gesprächspartners/-in in einer Gruppe sollte beachtet werden.
	Man sollte sich klarmachen, welche Zielsetzungen der/die Gesprächspartner/-in im Gespräch verfolgt.
	Man zeigt dem/der Gesprächspartner/-in bewusst, dass man Interesse an seinen/ihren Informationen hat.
Senden von Ich-Botschaften	
Sachverhalte konkret und positiv ausdrücken	
Äußern von Gefühlen	
	Zur Vermeidung destruktiver Emotionen sollte man den/die Gesprächspartner/-in ausreden lassen.
	Erheblich konfliktentschärfender und diplomatischer als eine direkt vorgebrachte Kritik ist ...
	Eine Kommunikation mit ausländischen Gesprächspartnern/-innen wird umso erfolgreicher sein, je eher man bereit ist, Unterschiede in deren Kommunikationsverhalten (im Vergleich zum eigenen) bewusst und sensibel wahrzunehmen und sich entsprechend darauf einzustellen.
Anstreben von Win-win-Situationen	
	Das Einhalten von Höflichkeitsregeln erleichtert die Kommunikation und schafft ein positives Klima.

6. Die Steuerberaterin Claudia Rekens überlegt, eine neue Berufshaftpflichtversicherung abzuschließen. Der Versicherungsvertreter sagt in dem Gespräch:
„... Diese umfangreiche Haftpflichtversicherung kostet nur 49,90 € pro Monat und hat somit ein extrem gutes Preis-Leistungs-Verhältnis. Dieses Versicherungsangebot gefällt mir selbst so gut, dass ich den Vertrag auch für mich abschließen würde. Ich bin der Fachmann, akzeptieren Sie meine Meinung. Los, schließen Sie den Vertrag ab!"

a) **Stellen Sie fest, welche vier Botschaften der Versicherungsvertreter mit dieser Aussage sendet.**

b) **Führen Sie auf, welche vier Botschaften Frau Rekens wahrnimmt.**

7. **Erläutern Sie, in welchem Status sich Amir Özkan und Sven Dinges (siehe Situation 2) jeweils befinden.**

Amir Özkan	Sven Dinges

8. **Geben Sie an, welchen Fehler Amir Özkan im Gespräch mit Sven Dinges (siehe Situation 2) macht.**
9. **Machen Sie einen Vorschlag, wie Amir Özkan (siehe Situation 2) besser vorgehen könnte.**
10. **Geben Sie an, welchen Fehler Sven Dinges (siehe Situation 2) macht.**

Vergleichen Sie Ihre Aufzeichnungen mit denen Ihrer Mitschülerinnen und Mitschüler dahingehend, ob Ihre Antworten alle relevanten Punkte enthalten.

Kontrolle

Überlegen Sie danach, an welchen Stellen Ihre Antworten noch verbessert werden könnten.

Bewerten

Lernsituation 2: Körpersprache, Sprache und Fragen in Beratungsgesprächen

Situationsbeschreibung

Sven Dinges beobachtet gerade die folgende Situation in der Steuerkanzlei Rekens:
Ein Mitarbeiter der Steuerkanzlei ist gerade in einem Beratungsgespräch mit einer Mandantin.
Er rutscht nah an die Mandantin heran und spricht sie mit schriller Stimme an.

Mitarbeiter (mit hochgezogener Unterlippe): *„Ja, das ist momentan der Renner. Machen Sie das jetzt so! Nur so können Sie eine große Steuerrückzahlung erhalten. Ich kann es unseren Mandantinnen und Mandanten nicht oft genug sagen: Nehmen Sie diesen Vorschlag unbedingt an!"*

Der Mitarbeiter gibt dem Mandanten mit angehobenen Mundwinkeln und Augenbrauen weitere Informationen.

Mandantin (macht ein skeptisches Gesicht): *„Mmh ...???"*

Der Mitarbeiter stemmt erst die Hände in die Hüften und presst dann die Fingerkuppen einer Hand aneinander.

Mitarbeiter: *„Ich habe Ihnen doch gleich gesagt, dass was Sie vorgeschlagen haben, für Sie nichts ist. Sind Sie sicher, dass Sie auf die Steuerrückzahlung verzichten können? Nicht, dass Sie später kommen und ich muss Ihnen sagen: Hätten Sie mal auf mich gehört ..."*

Mandantin: *„Nun ja, das überlege ich mir noch einmal. Kann ich denn bei den Werbungskosten noch etwas machen? Was könnten Sie mir da denn empfehlen?"*

Der Mitarbeiter steht auf und stellt sich mit breit auseinander gestellten Beinen vor die Mandantin.

Mitarbeiter: *„Also ohne jetzt dieses Gespräch beenden zu wollen ... Sie stellen sich das so einfach vor. Das reicht jetzt. Ich muss gleich noch einen anderen Mandanten beraten. Das geht also im Augenblick nicht ..."*

Sven Dinges wundert sich etwas, denn er hat gerade gehört, dass Sprache und Körpersprache wichtige Instrumente in erfolgreichen Gesprächen sind.

Informationen zum Lösen der Aufgaben zu der Situationsbeschreibung finden Sie im Lehrbuch „Ausbildung zum/zur Steuerfachangestellten, 3. Ausbildungsjahr", in Lernfeld 12 Kapitel 4, 5 und 6.

Informieren

- **Erläutern Sie das Problem, vor dem die Steuerkanzlei steht.**
- **Nennen Sie das Ziel, das die Steuerkanzlei verfolgen sollte, um dieses Problem zu lösen.**

Planen und entscheiden

Geben Sie an, wie die Steuerkanzlei das Ziel erreichen kann.

Durchführen

1. Stellen Sie fest, was man unter Körpersprache versteht.

2. a) Stellen Sie fest, welche fünf verschiedenen Bestandteile die Körpersprache umfasst.

b) Erläutern Sie kurz jeden Bestandteil der Körpersprache.

c) Ordnen Sie die körpersprachlichen Signale des Kollegen von Sven Dinges den Bestandteilen der Körpersprache zu und versuchen Sie, diese zu deuten.

Bestandteil der Körpersprache	Erläuterung	Beispiel und Bedeutung

3. Begründen Sie, warum Kenntnisse über die Körpersprache wichtig sind für erfolgreiche Gespräche.

4. **Führen Sie auf, mit welchen Gesprächsstörern der Mitarbeiter das vorgestellte Gespräch negativ beeinflusst.**

Äußerung im Dialog	Gesprächsstörer

5. **Geben Sie Gesprächsförderer an.**
Bringen Sie jeweils mindestens ein allgemeines Beispiel einer mündlichen Äußerung dieses Gesprächsförderers.

Gesprächsförderer	Beispiel für eine mündliche Äußerung

6. **Schreiben Sie mit einer Mitschülerin oder einem Mitschüler den Dialog der Ausgangssituation so um, dass der Mitarbeiter möglichst viele Gesprächsförderer verwendet und positive Signale der Körpersprache aussendet.**
Führen Sie den Dialog möglichst frei vor.
Bereiten Sie sich darauf vor, Ihren Mitschülerinnen und Mitschülern in der Nachbesprechung die verwendeten Gesprächsförderer und positiven körpersprachlichen Signale zu erläutern.
7. **Beobachten Sie einen anderen aufgeführten Dialog.**
Geben Sie in der Nachbesprechung die erkannten Gesprächsförderer und positiven körpersprachlichen Signale an.
8. **Sven Dinges weiß, dass im Umgang mit Mandantinnen und Mandanten verschiedene Anforderungen an ihn gestellt werden. Er nimmt sich vor, in den nächsten Tagen doch einmal verstärkt auf die Sprache in Gesprächen wie z. B. bei Mandantenberatungen zu achten. Er hat sich deshalb vorgenommen, die Kolleginnen und Kollegen genau zu beobachten und auch im privaten Einkauf aus der Sicht der Kunden auf die Sprache zu achten. Seine Erfahrungen will er in einer Tabelle zusammenfassen, um beim nächsten überregionalen Auszubildendentreffen über seine Ergebnisse zu berichten.**

Füllen Sie die Tabelle zur Rolle der Sprache im Mandantenberatungsgespräch aus:

Die Rolle der Sprache im Verkaufsgespräch			
Einflussfeld	**Fehler**	**Anforderungen an die gute beratende Person**	**Wirkung, Auswirkung auf die Mandantschaft**
Wortschatz			
Satzbau			
Aussprache, Lautstärke			
Betonung, Sprechtempo			

Kontrolle

Vergleichen Sie Ihre Aufzeichnungen mit denen Ihrer Mitschülerinnen und Mitschüler dahingehend, ob Ihre Antworten alle relevanten Punkte enthalten.

Bewerten

Überlegen Sie danach, an welchen Stellen Ihre Antworten noch verbessert werden könnten.

Lernsituation 3: Verhandlungsstrategien

Situationsbeschreibung

Die Holzmann KG ist eine langjährige Mandantin der Steuerkanzlei Rekens. Bei einem Mandantenberatungsgespräch in den Räumen der Holzmann KG hatte die Auszubildende Julia Schuster die Steuerberaterin Claudia Rekens begleitet.

Julia Schuster protokollierte das Gespräch zwischen Frau Rekens und Herrn Holzmann, dem Geschäftsführer der Holzmann KG:

Frau Rekens: *„Herr Holzmann, ich bin eigentlich davon ausgegangen, dass ich heute einen unterschriebenen Vertrag für die Übernahme Ihrer Buchführung mitnehmen kann, aber nun legen Sie mir ein Angebot eines Buchführungsdienstleisters vor, das fast 1.000,00 € günstiger ist. Was soll denn das? Wir waren uns bislang doch immer einig und Sie werden von uns seit vielen Jahren in allen steuerlichen Angelegenheit betreut."*

Herr Holzmann: *„Sie haben schon Recht. Mit Ihrem Service und Ihrer Beratung war ich bislang immer zufrieden, aber Ihr Angebot ist einfach zu teuer. Der Buchführungsdienstleister hat mir für den gewünschten Leistungsumfang ein deutlich günstigeres Angebot gemacht. Wenn Sie da mithalten können, sind wir wieder im Geschäft, ansonsten tut es mir leid."*

Frau Rekens: *„Wie stellen Sie sich das vor? Ich habe heute meine Kalkulationsunterlagen nicht dabei und zudem wenig Zeit. Entweder Sie unterschreiben meinen Vertrag, oder Sie müssen bei Ihrer nächsten steuerlichen Fachfrage auf mich verzichten."*

Herr Holzmann: *„Was soll denn diese Drohung? Die Holzmann KG ist ja immer noch Mandant Ihrer Steuerkanzlei. Geben Sie mir einfach 1.000,00 € Rabatt und wir sind im Geschäft."*

Frau Rekens: *„Glauben Sie wirklich, dass Sie als Mandant den Preis bestimmen können? Zudem habe ich auch keine Lust, den Vertrag erneut aufzusetzen, nur weil Sie so geizig sind und lächerliche 1.000,00 € sparen wollen."*

Herr Holzmann: *„Wenn Sie das so sehen, dann ist unser Gespräch für heute beendet."*

Julia Schuster und Claudia Rekens haben nach diesem kurzen, aber heftigen Gespräch die Holzmann KG verlassen. Frau Rekens war sehr verärgert, weil sie davon ausgegangen ist, alles richtig gemacht zu haben, und dennoch bei ihrem Mandanten keinen Vertragsabschluss tätigen konnte.

Informationen zum Lösen der Aufgaben zu der Situationsbeschreibung finden Sie im Lehrbuch „Ausbildung zum/zur Steuerfachangestellten, 3. Ausbildungsjahr", in Lernfeld 12 Kapitel 7.

Informieren

Stellen Sie fest, vor welchem Problem die Steuerkanzlei steht.

Planen und entscheiden

Geben Sie die vier möglichen Verhandlungsstrategien an, die von den beiden Verhandlungspartnern gewählt werden könnten.

Durchführen

1. **Erläutern Sie das Verhandlungsdilemma.**
2. **Machen Sie einen Vorschlag, welche Verhandlungsstrategie man im Normalfall anstreben sollte.**
3. **Führen Sie die sieben Phasen einer Verhandlung auf.**

Phase	Erläuterung
	• Zusammensetzung des Verhandlungsteams • Ort und Gestaltung des Verhandlungsraums • Überlegung der möglichen Ziele (eigene/des/der Verhandlungspartners/-in) • Festlegung der Strategie
	• Begrüßung • Aufbau einer Beziehung zwischen den Verhandlungspartnern/-innen • Festlegung der Tagesordnung • Erzeugung einer positiven Gesprächsatmosphäre • Informationsaustausch
	• möglichst sachliche Darstellung der eigenen Position • Festhalten von Gemeinsamkeiten • Präzisierung von Unterschieden
	• konkrete Angebote bzw. Forderungen • Diskussion über jeweilige Vor- und Nachteile • Herausfinden der Interessenlage des/der Verhandlungspartners/-in • Ausloten von Kompromissmöglichkeiten
	• formales Formulieren und Festhalten des Endergebnisses
	• offizielles Ende der Verhandlungen • dem/der Verhandlungspartner/-in einen letzten positiven Eindruck vermitteln
	• Überlegungen, wie Vereinbarungen in die Praxis umgesetzt werden können • Klärung, welche Verbesserungsmöglichkeiten es für spätere Verhandlungen gibt

4. **Ordnen Sie den folgenden Äußerungen die jeweilige Phase einer Verhandlung zu.**

Äußerung	Verhandlungsphase
Wir wollen heute das Dienstleistungsangebot zusammen durchgehen, das ich Ihnen letzte Woche geschickt hatte, und ihre Fragen dazu klären.	
Habe ich als beratende Person meine gesteckten Ziele bei diesem Mandantenberatungsgespräch alle erreicht?	
Ihr neues Verwaltungsgebäude ist wirklich sehr hell und geräumig, da haben Sie sich gegenüber dem bisherigen Gebäudes deutlich verbessert und auch vergrößert.	
Ich bedanke mich für Ihre konstruktiven Fragen. Es macht immer Spaß, wenn sich Mandantinnen und Mandanten aktiv in ein Gespräch einbringen.	
Wenn Sie all Ihre steuerlichen Angelegenheiten und die gesamte Buchführung von uns durchführen lassen, können Sie durch unseren Paketpreis eine Menge Geld sparen und haben zudem für all Ihre Fragen nur eine Anlaufstelle.	
Welche Unterlagen muss ich zum Mandantengespräch mitnehmen?	
Dann fülle ich jetzt den Beratungsvertrag aus.	

5. **Beurteilen Sie die Verhandlungen zwischen Frau Rekens und Herrn Holzmann.**

Kontrolle

Vergleichen Sie Ihre Aufzeichnungen mit denen Ihrer Mitschülerinnen und Mitschüler dahingehend, ob Ihre Antworten alle relevanten Punkte enthalten.

Bewerten

Überlegen Sie danach, an welchen Stellen Ihre Antworten noch verbessert werden könnten.

Lernsituation 4: Mandantenberatungsgespräche

Situationsbeschreibung

Sven Dinges ist nervös. Er soll heute das erste Mal auf sich allein gestellt ein Mandantenberatungsgespräch führen.

Bei der Gesprächsvorbereitung erinnert er sich an eine Aussage der Steuerberaterin Claudia Rekens bei der letzten Arbeitsbesprechung:

„Schlechte Mitarbeitende, die die Regeln der Beratung und des Vertriebs nicht beherrschen, kosten die deutschen Steuerberaterinnen und -berater jährlich Milliarden Euro. Daher muss jeder Mitarbeitende jedes Beratungsgespräch systematisch durchführen und dabei alle grundlegenden Vertriebstechniken beherrschen.

Wir haben im letzten Jahr fast 30 % weniger Umsatz gemacht. Deshalb haben wir eine Unternehmensberatung gebeten, die Ursachen dafür zu erforschen. Diese hat Beobachtungen und Mandantenbefragungen durchgeführt. Dabei wurde festgestellt, dass 45 % der Verluste auf erhebliche Mängel in Beratungsgesprächen zurückzuführen sind: Viele beratende Personen haben lediglich geringe Kenntnisse über die Durchführung von Mandantenberatungsgesprächen und gehen sehr unprofessionell vor, merken dies häufig aber gar nicht. Auch die Kenntnisse über die einzelnen Dienstleistungsangebote unserer Steuerkanzlei lassen oft zu wünschen übrig ...“

Sven Dinges beschließt, so weit wie möglich als Mandantenberatungsprofi aufzutreten.

Informationen zum Lösen der Aufgaben zu der Situationsbeschreibung finden Sie im Lehrbuch „Ausbildung zum/zur Steuerfachangestellten, 3. Ausbildungsjahr“, in Lernfeld 12 Kapitel 8.

Informieren

- **Stellen Sie fest, vor welchen Problemen die Steuerkanzlei und Sven Dinges stehen.**
- **Nennen Sie das Ziel, das die Steuerkanzlei verfolgen sollte, um die Probleme zu lösen.**

Planen und entscheiden

Nennen Sie Möglichkeiten der Steuerkanzlei, um das Ziel zu erreichen.

1. Führen Sie für jede der genannten Phasen eines Beratungsgesprächs mindestens zwei Verhaltensregeln an.

Durchführen

Phase	Zielsetzung	Kriterien für eine erfolgreiche Durchführung der Phase
Kontaktaufnahme		
Bedarfsermittlung		
Beratung		
Einwandbehandlung		
Gesprächsabschluss		

2. Schreiben Sie zusammen mit einer Mitschülerin oder einem Mitschüler den Dialog eines Beratungsgesprächs. Dabei soll der/die Mitarbeitende mindestens eine Regel pro Phase des Beratungsgesprächs verwenden.
Führen Sie den Dialog möglichst frei vor.
Bereiten Sie sich darauf vor, Ihren Mitschülerinnen und Mitschülern in der Nachbesprechung die verwendeten Regeln zu erläutern.

3. Beobachten Sie einen anderen aufgeführten Dialog.
Geben Sie in der Nachbesprechung die erkannten Regeln pro Phase an.

Kontrolle

Vergleichen Sie Ihre Aufzeichnungen mit denen Ihrer Mitschülerinnen und Mitschüler dahingehend, ob Ihre Antworten alle relevanten Punkte enthalten.

Bewerten

Überlegen Sie danach, an welchen Stellen Ihre Antworten und Ihre Dialogführung noch verbessert werden könnten.

Lernsituation 5: Fehler bei Beratungsgesprächen und Einwandbehandlung

Situationsbeschreibung

Sven Dinges ist erstaunt. Er hat gerade ein Beratungsgespräch einer Kollegin beobachtet. Dabei ist allerhand schiefgelaufen. Das wäre ihm nicht passiert:

Ein Mandant nähert sich dem Schreibtisch der Kollegin, bleibt dort stehen und blättert mehrmals in seinen mitgebrachten Unterlagen. Mehrfach blickt er dabei unsicher zur Kollegin, die in unmittelbarer Nähe am Computer arbeitet. Die Kollegin beachtet den Mandanten nicht. Sie registriert ihn zwar, nimmt jedoch mit unfreundlichem Gesicht vom Mandanten abgewandt weiter Eingaben am Computer vor. Der Mandant geht schließlich gezielt auf die Kollegin zu. Diese fragt gelangweilt:

Kollegin: *„Kann ich Ihnen helfen?"*

Mandant: *„Ja!"*

In der Zwischenzeit hat die Kollegin die Texteingaben beendet und greift nebenbei zu einem Aktenordner.

Kollegin: *„Suchen Sie denn etwas Bestimmtes?"*

Mandant: *„Ja!"*

Etwas genervt sieht die Kollegin den Mandanten einmal kurz an. Sie ist weiterhin mit dem Computer beschäftigt.

Kollegin (lauter): *„Ja, was wollen Sie denn nun?"*

Mandant: *„Ja, also, ich habe einige steuerliche Fragen."*

Die Kollegin zeigt auf einen Ständer mit Informationsmaterial, der sich direkt vor ihr im Regal befindet, den der Mandant aber kaum sehen kann.

Kollegin: *„Nehmen Sie da mal einen Steuerratgeber raus, da steht alles drin."*

Informationen zum Lösen der Aufgaben zu der Situationsbeschreibung finden Sie im Lehrbuch „Ausbildung zum/zur Steuerfachangestellten, 3. Ausbildungsjahr", in Lernfeld 12 Kapitel 8.

Informieren

- **Stellen Sie fest, vor welchen Problemen die Steuerkanzlei steht.**
- **Nennen Sie das Ziel, das die Steuerkanzlei verfolgen sollte, um das Problem zu lösen.**

Planen und entscheiden

Nennen Sie Möglichkeiten der Steuerkanzlei, um das Ziel zu erreichen.

Durchführen

1. **Führen Sie auf, in welchen Phasen das in der Situationsbeschreibung geführte Beratungsgespräch sich jeweils befand, nennen Sie die gemachten Fehler und machen Sie Verbesserungsvorschläge.**

Phase	Fehler im Beratungsgespräch	Verbesserungsvorschläge

2. **Führen Sie mindestens fünf Regeln für richtiges Verhalten bei Einwänden auf.**
3. **Tagtäglich kann es Ihnen bei privaten Geschäftsvorfällen als Kundin oder Kunde passieren, dass auch das Verkaufspersonal mit Methoden der Einwandbehandlung arbeitet. Entscheiden Sie in den folgenden Fällen, welche Methode der Einwandbehandlung angewandt wird. Erläutern Sie kurz die jeweilige Methode.**

Äußerung	Methode der Einwandbehandlung	Erläuterung
„Was müssen wir denn machen, damit Sie diesen Vertrag doch abschließen?"		
„Dieser Vertragsabschluss sagt Ihnen aber grundsätzlich zu?"		
„Das ist mit Sicherheit ein wichtiger Punkt, den Sie da ansprechen, doch beachten Sie die außergewöhnlichen Merkmale dieses Angebots."		
„Viele Mandantinnen und Mandanten sagen zunächst, dass ihnen eine Steuerkanzlei zu teuer sei. Wenn sie sich dann jedoch das gesamte Leistungspaket anschauen ..."		
„Auf diesen wichtigen Punkt komme ich gleich noch einmal zurück."		

Äußerung	Methode der Einwandbehandlung	Erläuterung
„Sie haben Recht, die Vollkaskoversicherung ohne Selbstbeteiligung ist nicht billig, aber dafür entstehen Ihnen im Schadenfall auch keine weiteren Kosten."		
„Gibt es einen Grund, warum Sie sich bisher noch nicht zum Kauf entscheiden können?"		

Kontrolle

Vergleichen Sie Ihre Aufzeichnungen mit denen Ihrer Mitschülerinnen und Mitschüler dahingehend, ob Ihre Antworten alle relevanten Punkte enthalten.

Bewerten

Überlegen Sie danach, an welchen Stellen Ihre Antworten noch verbessert werden könnten.

Lernsituation 6: Interkulturelle Auswirkungen auf Beratungsgespräche

Situationsbeschreibung

Die Steuerberaterin Claudia Rekens hat telefonisch einen Termin für ein Mandantenberatungsgespräch mit Herrn Wu vereinbart. Herr Wu hat vor wenigen Tagen ein chinesisches Restaurant eröffnet und Frau Rekens möchte Herr Wu in steuerlichen Angelegenheiten beraten.

Frau Rekens begrüßt Herrn Wu per Handschlag und wundert sich, dass dieser ihr seine Hand nur zögerlich gibt. Herr Wu bietet Frau Rekens einen Platz an einem großen Tisch an und erzählt ihr von der Renovierung des Restaurants vor der Eröffnung, doch Frau Rekens kommt direkt zur Sache, packt ihr Notebook aus und beginnt Daten einzugeben, um die notwendigen Daten ihres neuen Mandanten möglichst schnell zu bekommen.

Als sie bemerkt, dass Herrn Wu diese direkte Vorgehensweise nicht gefällt, überlegt sie sich, welches Thema für ein lockeres Einstiegsgespräch geeignet wäre. Ihr fällt eine Fernsehdokumentation ein, die sie vor einigen Tagen gesehen hatte. Dabei ging es um das Verhältnis zwischen China und Tibet, was Frau Rekens auch direkt anspricht. Herr Wu antwortet sehr einsilbig und lächelt dabei immer wieder, was Frau Rekens ebenfalls mit einem Lächeln erwidert.

Als Herr Wu meinte, dass er Frau Rekens gerne seine Frau und seinen Sohn vorstellen möchte, lenkt sie ab und tippt wieder Daten in ihr Notebook.

Nach einer Weile erklärt ihr Herr Wu, dass er in der nächsten Stunde Restaurantgäste erwartet, weshalb er jetzt noch Vorbereitungen in der Küche treffen müsste. Er bittet Frau Rekens, sich zu einem späteren Zeitpunkt nochmals zu melden.

Frau Rekens legt eine Visitenkarte auf den Tisch, verabschiedet sich und geht.

Als Sie einige Tage später mit Herrn Wu wegen eines neuen Termins anruft, erklärt ihr dieser, dass er bereits mit einem anderen Steuerberater einen Vertrag abgeschlossen hat. Frau Rekens ist sehr verwundert, denn Herr Wu hatte während des ersten Gesprächs die ganze Zeit gelächelt, was doch eigentlich ein positives Signal ist. Sie wundert sich, warum sie keine Chance für einen zweiten Termin bekommen hat.

Informationen zum Lösen der Aufgaben zu der Situationsbeschreibung finden Sie im Lehrbuch „Ausbildung zum/zur Steuerfachangestellten, 3. Ausbildungsjahr“, in Lernfeld 12 Kapitel 11.

Informieren

Geben Sie an, vor welchem Problem die Steuerkanzlei steht.

Planen und entscheiden

Führen Sie auf, wie die Steuerkanzlei vorgehen sollte.

Durchführen

1. Die Unternehmensberaterin Linda Kind bespricht mit den Teilnehmerinnen und Teilnehmern eines Seminars die Grundregeln für die Zusammenarbeit mit Personen anderer Kulturkreise. Ergänzen Sie die folgende Mindmap.

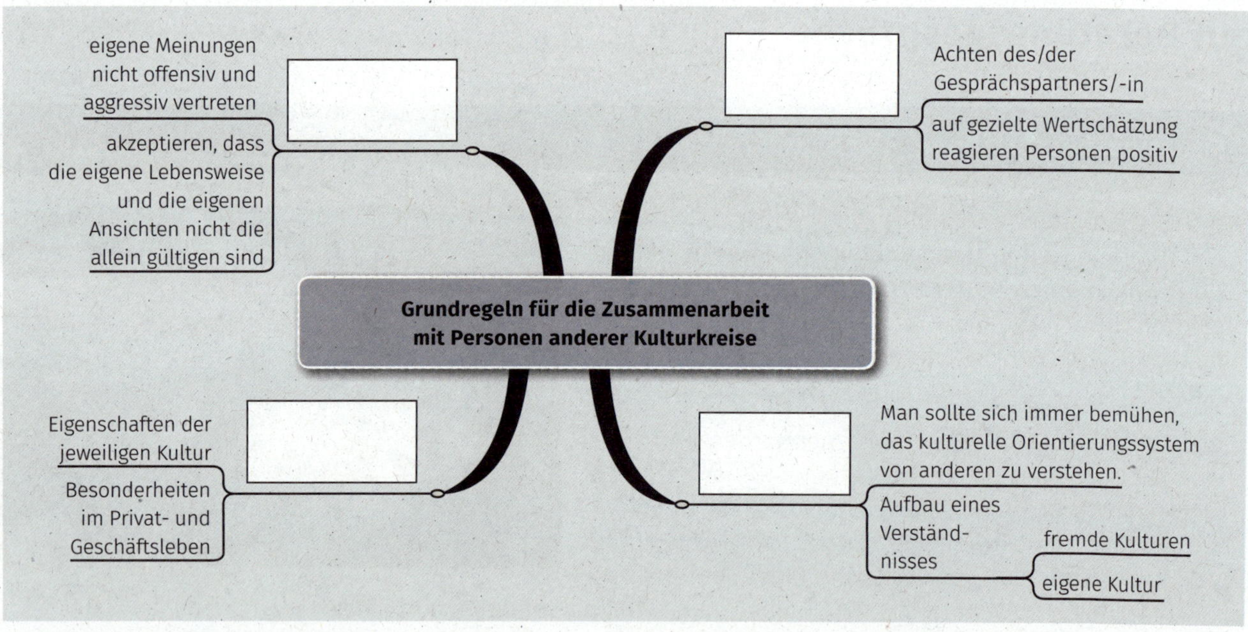

2. Erläutern Sie, was man unter einer Kulturdimension versteht.

3. Ergänzen Sie die folgende Tabelle.

Beispiel	Kulturdimension	Ausprägung
In westlichen Ländern werden Geschäftsgespräche zielführend und dynamisch zupackend geführt.		
Japaner versuchen, mit Wohlwollen und Vertrauen eine Beziehung aufzubauen, zu stabilisieren und schließlich zu vertiefen. Konflikte werden diplomatisch umgangen oder bereinigt. Erst dann nähert man sich dem Gesprächsziel.		
Wer häufig mit Südamerikanern zu tun hat, weiß, dass dort die Distanzzonen geringer ausgeprägt sind als in Mitteleuropa.		

Beispiel	Kulturdimension	Ausprägung
Um Unsicherheit zu vermeiden, haben Rituale bei Japanern eine hohe Bedeutung. Japaner halten sich streng an vorgeschriebene Etikette.		
In vielen afrikanischen oder lateinamerikanischen Kulturen werden verschiedene Dinge gleichzeitig gemacht. In zwischenmenschlichen Beziehungen ist das zufriedenstellende Beenden der Kommunikation (und deren Ergebnis) wichtiger als die Einhaltung eines wie auch immer gearteten Zeitplans.		
Japaner zeigen Emotionen nicht öffentlich, sondern kontrolliert.		
Ein extrem aggressives Verkaufsverhalten auf Kosten anderer, wie z. B. vergleichende Werbung im amerikanischen Stil, wird von Skandinaviern überwiegend negativ aufgenommen.		

4. Die Steuerberaterin Claudia Rekens möchte sich zur Vermeidung eines weiteren Fehlschlags wie bei den Verhandlungen mit dem chinesischen Gastronomen auf die künftigen Gespräche besonders vorbereiten. Sie macht sich anhand vier ausgewählter Kulturdimensionen Gedanken darüber, wie sich die chinesische Kultur von der deutschen unterscheidet.
Ergänzen Sie die folgende Tabelle.

Kulturdimension	Ausprägung der Kulturdimension in China im Vergleich zur deutschen Kultur
Machtdistanz	
Individualismus/Kollektivismus	
Maskulinität/Femininität	
Unsicherheitsvermeidung	

5. Um einen besseren Start in die nächste Verhandlung zu haben, analysiert Frau Rekens das in der Vergangenheit gescheiterte Gespräch.
Geben Sie an, welche Fehler gemacht wurden. Machen Sie evtl. Vorschläge für ein besseres Verhalten.

Vergleichen Sie Ihre Aufzeichnungen mit denen Ihrer Mitschülerinnen und Mitschüler dahingehend, ob Ihre Antworten alle relevanten Punkte enthalten.

Kontrolle

Überlegen Sie danach, an welchen Stellen Ihre Antworten noch verbessert werden könnten.

Bewerten

Lernsituation 7: Englisch in einer Steuerkanzlei

Situationsbeschreibung

Working as an assistant tax consultant/tax clerk/tax assistant

Julia Schuster, Auszubildende der Steuerkanzlei Rekens im dritten Ausbildungsjahr, verfügt bereits über erste Erfahrungen, Kenntnisse und Fähigkeiten im Bereich des Steuerwesens.

Die Steuerberaterin Claudia Rekens richtet heute eine ungewöhnliche Anfrage an Julia Schuster.

Sie bittet diese, für die Homepage ein Kurzprofil für ausländische Mandanten zu gestalten. Dadurch soll potenziellen neuen Mandantinnen und Mandanten der Beruf des/der Steuerfachangestellten sowie die Aufgabengebiete nähergebracht werden. Als Hilfestellung überlässt sie Julia Schuster folgenden Auszug aus dem Rahmenlehrplan:

Typische berufliche Handlungsfelder der Steuerfachangestellten sind im Wesentlichen:

1. Buchführungsarbeiten für Mandantinnen und Mandanten erledigen
2. Jahresabschlüsse vorbereiten und auswerten
3. Steuererklärungen für Unternehmen und Privatpersonen vorbereiten
4. Entgeltabrechnungen erstellen
5. Gesellschaftsrechtliche Fragestellungen bearbeiten
6. Allgemeine Kanzleiarbeiten durchführen

Julia Schuster ist sich unsicher, ob sie dieser Aufgabe gewachsen ist, da sie bisher noch wenig Erfahrung mit steuertypischen Begriffen in der englischen Sprache hat. Sie überlegt daher, zunächst die typischen Handlungsfelder ins Englische zu übersetzen.

Informationen zum Lösen der Aufgaben zu der Situationsbeschreibung finden Sie im Lehrbuch „Ausbildung zum/zur Steuerfachangestellten, 3. Ausbildungsjahr", in Lernfeld 12 Kapitel 16.

- **Machen Sie sich mit der Aufgabenstellung vertraut.**
- **Analysieren Sie, welche Informationen Sie benötigen, um die Ihnen übertragene Aufgabe zu erledigen.**

Informieren

Planen Sie Ihre Vorgehensweise bei der Beschaffung der notwendigen Informationen und entscheiden sich begründet für eine oder mehrere Informationsquelle(n).

Planen und entscheiden

1. What does an assistant tax consultant typically do at work? Translate the typical professional areas of activity for tax clerks from the framework curriculum (Rahmenlehrplan) into English:

Durchführen

1.	
2.	
3.	
4.	
5.	
6.	

2. Nach dieser ersten Aufgabe ist Julia schon etwas erleichtert. Sie überlegt, wie sie die typischen Tätigkeitsfelder ihres Berufes genau erklären kann. Sie sucht im Internet nach Beispielen und findet die Homepage eines Steuerbüros:

Are you thinking about hiring a tax consultant or of working at a tax advisors office? Perhaps you are considering training to become a tax clerk in a tax office. Here you will find some information that may help you with your decision:

A	A tax clerk may help with legal matters for a company, including writing and checking documents about company formations, mergers, or other legal obligations.	
B	Tax clerks prepare tax returns for companies and individuals, ensuring they comply with tax laws.	
C	A tax clerk keeps financial records up to date by recording transactions, managing ledgers, and ensuring that all bookkeeping tasks for clients are done.	
D	They also do general office work, like managing mail, filing documents, and keeping supplies.	
E	They calculate employee pay and taxes and make payroll reports for clients.	
F	They prepare annual financial reports and analyze them to see a business's financial health.	

Help Julia Schuster by checking if all typical professional fields are in the paragraphs. Therefore, match the typical professionals (1–6) to the paragraphs (A–F).

3. Preparing tax returns for companies and private individuals

a) Which tax returns does a tax consultant assistant prepare and from which "authority" they get the "tax assessment notice (Steuerbescheid)". Match the images to the corresponding English terms.

English terms
- **value added tax**
- **revenue office**
- **income tax**
- **trade tax**
- **municipal administration**

b) Compare the results with a partner and discuss possible differences (in English please).

4. The income tax notice

Anna, a tax clerk, is sorting paperwork at her kitchen table when her sister-in-law, Maria, enters holding a letter. Maria has been in Germany for a year and is still struggling with some documents, which she does not understand due to her lack of German language skills.

> **Bescheid für 20..**
> **über**
> **E i n k o m m e n s t e u e r**
> **und**
> **Solidaritätszuschlag**

Read the dialogue and fill out the gabs with the missing words from the box:

extraordinary expenses • income tax • notice income from a trade or business • gross salary assessment period • income • special expenses • income from non-self-employed work work-related expenses

Maria: *"Anna, may I get a moment of your time? I received this letter... (she waves the piece of paper). I believe this is my ____________________[1], but I'm having issues understanding these terms. Can you help me break it down?"*

Anna: *"Sure, I'd be glad to be of assistance. (She takes the letter and looks through the paper) Ah yes, this is your ‚Einkommensteuerbescheid'. What exactly don't you understand?"*

Maria: *"So, I'm confused at the start with the terminology 'Veranlagungszeitraum'; I've never seen that term before."*

Anna: *"'Veranlagungszeitraum' refers to the '__________________[2]' meaning the tax year you're being assessed. You are referring to last year, the year of income you earned."*

Maria: *"Okay, I understand that, and what are ‚Einkünfte aus nichtselbstständiger Arbeit'?"*

Anna: *"That would refer to the '__________________[3]'. It's really meaning the money you receive when you work as an employee, meaning for your work at the hair salon."*

Maria: *"Understood, now what about the 'Bruttoarbeitslohn' that I see? Is that my total salary?"*

Anna: *"Yes good! ' Bruttolohn' or '__________________[4]' is your total amount of money before any deductions (Abzüge) such as taxes or social security reduced it."*

Maria: *"Got it, and then there is 'Werbungskosten'?*

Anna: *"'Werbungskosten' means '__________________[5]' money that is deducted before calculating your taxable income. For example, the cost of driving to your daily job at the hair salon would count as Werbungskosten - like your bus fares or fuel expenses."*

Maria: *"Oh, so the money I spend just to get to work can help to lower my tax burden (Steuerbelastung)?"*

Anna: *"Yes, that's right; it helps you a little financially for those costs of daily living."*

Maria: *"What is 'Einkünfte'? I thought that was '__________________[6]'?"*

Anna: *"Yes, so 'Einkünfte' means income. It's really just a general word; you can have 'Einkünfte' from any source, not just your salary."*

Maria: *"I see. And I saw something about 'Einkünfte aus Gewerbebetrieb'. I'm sure that is related to my husband's business, right?"*

Anna: *"Yes, exactly. 'Einkünfte aus Gewerbebetrieb' means '__________________[7]', like your husband's woodworking business. The business income is separate from your income or salary and counts toward the overall family tax burden."*

Maria: *"That sounds good. And now I'm stuck on 'Sonderausgaben'. What is that again?"*

Anna: *"'Sonderausgaben' means '__________________[8]' deductible costs the tax office allows you to deduct from taxable income (steuerpflichtiges Einkommen). For example, any contribution (Beiträge) you made to your retirement fund are considered Sonderausgaben. Likewise, any charitable or donation (Spenden) contributions help reduce your taxable income, and thus your overall tax burden (Steuerbelastung)."*

Maria: *"So, when I made the donation to the local charity last year that would count as Sonderausgabe?"*

Anna: *"That's right! That donation would be a perfect example of Sonderausgabe."*

Maria: *"Ok, now I think I have it. Finally, what are the ‚außergewöhnliche Belastungen'?"*

Anna: *"'Außergewöhnliche Belastungen' would be considered ‚__________________[9]'. Costs that are above and beyond what would be considered normal living expenses. For example, if you or a family member had excessive medical bills last year those would count as an extraordinary expense as well and reduce your taxable income."*

Maria: *"So, if we made payments for my husband's surgery last year that could also count as an extraordinary burden?"*

Anna: *"Yes, that is correct, high medical costs are a standard example of extraordinary costs which can help significantly lower your tax obligation (Steuerschuld)."*

Maria: *"This system is so complex. I'm really starting to understand it at last. Thanks so much for explaining it all to me, Anna!"*

Anna: *"Not a problem! It is a lot to get used to, but you will eventually get the hang of it. If you need any assistance again, you can always ask."*

5. Preparing payroll accounting

a) **Work with your partner. Think of preparing a payroll calculation. Consider which individual items are included in a wage and salary statement and set up a mindmap.**

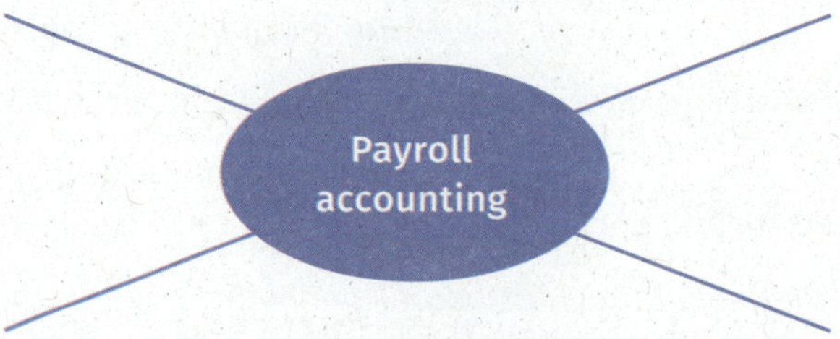

b) **Compare your ideas for the components with another partner and work together to find out which components are missing and add them to your mindmap.**

c) **Cross check your results with the entries in your schoolbook if necessary.**

6. Preparing and analyzing financial statements (Balance sheet and profit and loss account (statement))

Die Steuerkanzlei hat einen neuen internationalen Mandanten. Julia Schuster bearbeitet dessen Unterlagen. Eingereicht hat der Mandant eine Bilanz sowie eine Gewinnermittlung, jedoch auf Englisch. Dies stellt für Julia eine große und neue Herausforderung dar, weil sie die englischen Fachbegriffe korrekt ins Deutsche übersetzen muss.

Zunächst einmal beginnt sie die Bilanz zu prüfen. Sie stolpert über den Begriff „balance sheet", den sie noch als „Bilanz" erkennen kann. Die Begriffe „Assets" und „Liabilities" kann sie für sich noch als „Aktiva" und „Passiva" übersetzen. Bei vielen anderen Begriffen wird es schon etwas schwieriger, die deutschen Begriffe nachzuvollziehen.

Anschließend widmet sich Julia der Gewinnermittlung, die als „Profit and Loss Statement" bezeichnet wird. Auch hier fallen ihm einige Begriffe auf, die sie nicht sofort übersetzen kann. Ihr wird klar, dass ihr verschiedene relevante Fachbegriffe fehlen.

a) **Julia Schuster finds a profit and loss account (figures in 1.000,00 €) which has to be translated. Use the schoolbook for help, or if necessary, research the missing terms.**

Versicherungen	119	Abschreibungen	2.166
Umsatzerlöse	18.381	Zinsen und Bankgebühren	570
Fertigungslöhne	6.333	Verwaltungsaufwand	522
Instandhaltung	120	Fertigungsmaterial	4.722
Gehälter	2.032	Vertriebsaufwendungen	125
Werbeaufwendungen	318		

b) **Sven finds the following information of a company's balance sheet (figures in 1.000,00 €). Set up a balance sheet 01 in English and calculate the "Kapital". Use the schoolbook for help or research the missing items.**

Sonstige langfr. Verbindlichkeiten	2.980	Fuhrpark	850
Hypothekendarlehn	3.222	BGA	1.610
Maschinen	2.573	Rücklagen	3.125
Bankguthaben	3.000	Kurzfr. Verbindlichkeiten	963
Grundstücke und Bauten	4.800	Fertigerzeugnisse	512
Bankdarlehen	480	Forderungen	725
Unfertige Erzeugnisse	276	Kasse	55
Kapital	?	Rohstoffe	298

Vergleichen Sie Ihre Aufzeichnungen mit denen Ihrer Mitschülerinnen und Mitschüler dahingehend, ob Ihre Antworten alle relevanten Punkte enthalten und Ihre Übersetzungen korrekt sind.

Kontrolle

Überlegen Sie danach, an welchen Stellen Ihre Antworten und Übersetzungen noch verbessert werden könnten.

Bewerten

Abkürzungsverzeichnis mit Weblinks und QR-Codes

Abkürzung	Begriff/Gesetz	Weblink	QR-Code
AAG	Aufwendungsausgleichsgesetz	https://www.gesetze-im-internet.de/aufag/	
AB	Anfangsbestand		
ABWL	Allgemeine Betriebswirtschaftslehre		
AEAO	Anwendungserlass zur Abgabenordnung	https://ao.bundesfinanzministerium.de/ao/2020/Abgabenordnung/inhalt.html	
AfA	Absetzung für Abnutzung		
AG	Aktiengesellschaft oder Arbeitgeber je nach Kontext		
AK	Anschaffungskosten		
AktG	Aktiengesetz		
ALV	Arbeitslosenversicherung	https://www.gesetze-im-internet.de/aktg/	
AN	Arbeitnehmer/-in		
AO	Abgabenordnung	https://www.gesetze-im-internet.de/ao_1977/	
ArbStättV	Arbeitsstättenverordnung	https://www.gesetze-im-internet.de/arbst_ttv_2004/BJNR217910004.html	
ArbZG	Arbeitszeitgesetz	https://www.gesetze-im-internet.de/arbzg/BJNR117100994.html	
ASiG	Arbeitssicherheitsgesetz	https://www.gesetze-im-internet.de/asig/	
AV	Anlagevermögen		
AVmG	Altersvermögensgesetz		
BAföG	Bundesausbildungsförderungsgesetz	https://www.gesetze-im-internet.de/baf_g/	

Abkürzung	Begriff/Gesetz	Weblink	QR-Code
BBiG	Berufsbildungsgesetz	https://www.gesetze-im-internet.de/bbig_2005/	
BDSG	Bundesdatenschutzgesetz	https://www.gesetze-im-internet.de/bdsg_2018/	
BetrVG	Betriebsverfassungsgesetz und zur Bekämpfung von Missbräuchen	https://www.gesetze-im-internet.de/betrvg/	
BewG	Bewertungsgesetz	https://www.gesetze-im-internet.de/bewg/	
BFH	Bundesfinanzhof	https://www.bundesfinanzhof.de/de/	
BfJ	Bundesamt für Justiz		
BGB	Bürgerliches Gesetzbuch	https://www.gesetze-im-internet.de/bgb/	
BildscharbV	Bildschirmarbeitsverordnung		
BKB	Betriebswirtschaftlicher Kurzbericht		
BMF	Bundesministerium der Finanzen	https://www.bundesfinanzministerium.de/Web/DE/Home/home.html	
BMG	Bemessungsgrundlage		
BOStB	Berufsordnung der Steuerberater und der Steuerbevollmächtigten	https://www.bstbk.de/downloads/bstbk/recht-und-berufsrecht/fachinfos/BStBK_Berufsordnung-inkl-Fachberaterordnung.pdf	
BStBK	Bundessteuerberaterkammer	https://www.bstbk.de/de/	
BUrlG	Bundesurlaubsgesetz	https://www.gesetze-im-internet.de/burlg/	

Abkürzung	Begriff/Gesetz	Weblink	QR-Code
BZSt	Bundeszentralamt für Steuern	https://www.bzst.de/DE/Home/home_node.html	
DBA	Doppelbesteuerungsabkommen		
DMS	Dokumentenmanagementsystem		
DSGVO	EU-Datenschutzgrundverordnung	https://dsgvo-gesetz.de/	
EBIT	Earnings Before Interests and Taxes		
EBITDA	Earnings Before Interests, Taxes, Depreciation and Amortisation		
EBK	Eröffnungsbilanzkonto		
EG	(eingetragene) Genossenschaft		
ELStAM	Elektronische LohnSteuerAbzugsMerkmale		
ESt	Einkommensteuer		
EStDV	Einkommensteuer-durchführungsverordnung	https://www.gesetze-im-internet.de/estdv_1955/index.html	
EStG	Einkommensteuergesetz	https://www.gesetze-im-internet.de/estg/	
EStH	Einkommensteuerhinweise	https://esth.bundesfinanzministerium.de/esth/2020/Meta/Inhaltsuebersicht/inhalt.html	
EStR	Einkommensteuerrichtlinien		
EÜR	Einnahmen-Überschuss-Rechnung		
EUSt	Einfuhrumsatzsteuer	https://www.zoll.de/DE/Fachthemen/Steuern/Einfuhrumsatzsteuer/einfuhrumsatzsteuer_node.html	
FA	Finanzamt		
FAIT	Fachassistent/-in Digitalisierung und IT-Prozesse		
FALF	Fachassistent/-in Lohn und Gehalt		
FALG	Fachassistent/-in Land- und Forstwirtschaft		
FARC	Fachassistent/-in Rechnungswesen und Controlling		
FG	Finanzgericht		

Abkürzung	Begriff/Gesetz	Weblink	QR-Code
FGKZ	Fertigungsgemeinkostenzuschlag		
FGO	Finanzgerichtsordnung	https://www.gesetze-im-internet.de/fgo/	
FVG	Finanzverwaltungsgesetz	https://www.gesetze-im-internet.de/fvg_1971/	
GbR	Gesellschaft bürgerlichen Rechts		
GefStoffV	Gefahrstoffverordnung	https://www.gesetze-im-internet.de/gefstoffv_2010/	
GewSt	Gewerbesteuer		
GewStDV	Gewerbesteuerdurch-führungsverordnung	https://www.gesetze-im-internet.de/gewstdv_1955/	
GewStG	Gewerbesteuergesetz	https://www.gesetze-im-internet.de/gewstg/	
GewStH	Gewerbesteuer-Handbuch	https://gewsth.bundesfinanzministerium.de/gewsth/2016/A-Gewerbesteuergesetz/inhalt.html	
GewStR	Gewerbesteuerrichtlinien		
GG	Grundgesetz	https://www.gesetze-im-internet.de/gg/BJNR000010949.html	
GmbH	Gesellschaft mit beschränkter Haftung		
GmbHG	Gesetz betreffend die Gesell-schaften mit beschränkter Haftung (GmbH-Gesetz)	https://www.gesetze-im-internet.de/gmbhg/	
GuV	Gewinn- und Verlustrechnung		
GWG	Geringwertige Wirtschaftsgüter		
HB	Handelsbilanz		

Abkürzung	Begriff/Gesetz	Weblink	QR-Code
HGB	Handelsgesetzbuch	https://www.gesetze-im-internet.de/hgb/	
HK	Herstellungskosten		
HR	Handelsrecht		
HWK	Handwerkskammer		
IAB	Investitionsabzugsbetrag		
igE	innergemeinschaftlicher Erwerb		
igL	innergemeinschaftliche Lieferung		
igV	innergemeinschaftliches Verbringen		
IHK	Industrie- und Handelskammer		
InvZulG	Investitionszulagengesetz	https://www.gesetze-im-internet.de/invzulg_2010/	
JArbSchG	Jugendarbeitsschutzgesetz	https://www.gesetze-im-internet.de/jarbschg/	
KAG	Kommunalabgabengesetz (jedes Bundesland hat ein eigenes KAG)		
KapESt	Kapitalertragsteuer		
KfW	Kreditanstalt für Wiederaufbau	https://www.kfw.de/kfw.de.html	
KG	Kommanditgesellschaft		
KGaA	Kommanditgesellschaft auf Aktien		
KI	Kreditinstitut		
KiSt	Kirchensteuer		
KStDV	Körperschaftsteuerdurchführungsverordnung	https://www.gesetze-im-internet.de/kstdv_1977/	
KStH	Körperschaftsteuer-Handbuch	https://ksth.bundesfinanzministerium.de/ksth/2022/home.html	
KStG	Körperschaftsteuergesetz	https://www.gesetze-im-internet.de/kstg_1977/	
KStR	Körperschaftsteuerrichtlinien		

Abkürzung	Begriff/Gesetz	Weblink	QR-Code
KV	Krankenversicherung		
LasthandhabV	Lastenhandhabungsverordnung	https://www.gesetze-im-internet.de/lasthandhabv/BJNR184200996.html	
LSt	Lohnsteuer		
LStDV	Lohnsteuerdurchführungsverordnung	https://www.gesetze-im-internet.de/lstdv/BJNR701570949.html	
LStR	Lohnsteuerrichtlinien		
MES	Materialentnahmescheine		
MGKZ	Materialgemeinkostenzuschlag		
MoMiG	Gesetz zur Modernisierung des GmbH-Rechts und zur Bekämpfung von Missbräuchen	https://www.buzer.de/gesetz/8416/index.htm	
MuSchG	Mutterschutzgesetz	https://www.gesetze-im-internet.de/muschg_2018/	
MwSt	Mehrwertsteuer		
MwStSystRL	Mehrwertsteuersystemrichtlinie		
NachwG	Nachweisgesetz	https://www.gesetze-im-internet.de/nachwg/	
ND	Nutzungsdauer		
OHG	Offene Handelsgesellschaft		
OSS	One-Stop-Shop-Verfahren	https://www.bzst.de/DE/Unternehmen/Umsatzsteuer/One-Stop-Shop_EU/one_stop_shop_eu_node.html	
PartG	Parteiengesetz	https://www.gesetze-im-internet.de/partg/	
PartGG	Partnerschaftsgesellschaftsgesetz	https://www.gesetze-im-internet.de/partgg/	
PV	Pflegeversicherung		
RV	Rentenversicherung		
SB	Schlussbestand		
SBK	Schlussbilanzkonto		

Abkürzung	Begriff/Gesetz	Weblink	QR-Code
SE	Societas Europaea (Europäische Gesellschaft)		
SGB XI	Sozialgesetzbuch XI	https://www.gesetze-im-internet.de/sgb_11/	
SolZ	Solidaritätszuschlag		
SolZG	Solidaritätzuschlaggesetz	https://www.gesetze-im-internet.de/solzg/BJNR113180991.html	
SR	Steuerrecht		
StB	Steuerbilanz		
StBerG	Steuerberatungsgesetz	https://www.gesetze-im-internet.de/stberg/	
StBVV	Steuerberater-vergütungsverordnung	https://www.gesetze-im-internet.de/stbgebv/BJNR014420981.html	
StGB	Strafgesetzbuch	https://www.gesetze-im-internet.de/stgb/	
SvEV	Sozialversicherungsentgeltver-ordnung	https://www.gesetze-im-internet.de/svev/	
TBM	Tatbestandsmerkmal/-e		
UG	Haftungsbeschränkte Unterneh-mergesellschaft		
USt	Umsatzsteuer		
UStAE	Umsatzsteuer-Anwendungserlass	https://www.bundesfinanzministerium.de/Content/DE/Downloads/BMF_Schreiben/Steuerarten/Umsatzsteuer/Umsatzsteuer-Anwendungserlass/Umsatzsteuer-Anwendungserlass-aktuell.pdf?__blob=publicationFile&v=97	
UStDV	Umsatzsteuer-durchführungsverordnung	https://www.gesetze-im-internet.de/ustdv_1980/	
UStG	Umsatzsteuergesetz	https://www.gesetze-im-internet.de/ustg_1980/	

Abkürzung	Begriff/Gesetz	Weblink	QR-Code
USt-IdNr	Umsatzsteuer-Identifikationsnummer	https://www.bzst.de/DE/Unternehmen/Identifikationsnummern/Umsatzsteuer-Identifikationsnummer/FAQ/faq_ust_node.htm	
USt-VA	Umsatzsteuer-Voranmeldung		
USt-Zahllast	Umsatzsteuerzahllast		
UWG	Gesetz gegen den unlauteren Wettbewerb	https://www.gesetze-im-internet.de/uwg_2004/	
VAZ	Voranmeldungszeitraum		
vL	vermögenswirksame Leistung		
VSt	Vorsteuer		
VtGKZ	Vertriebsgemeinkostenzuschlag		
VwGKZ	Verwaltungssgemeinkostenzuschlag		
VZ	Vorauszahlung		
FGKZ	Fertigungsgemeinkostenzuschlag		
WEG	Wareneingang		
WG	Wirtschaftsgut		

Bildquellenverzeichnis

fotolia.com, New York: contrastwerkstatt 139.1, 148.1; DOC RABE Media 43.1, 63.1, 156.3; Gina Sanders 156.4; IckeT 65.1; maynagashev 67.1; samott 154.1; Sanders, Gina 155.1; XtravaganT 156.2.

Getty Images (RF), München: mikimad 1.1.

Imago, Berlin: Sämmer 11.1.

iStockphoto.com, Calgary: abishome 91.1; pictafolio 129.1.

Shutterstock.com, New York: Shakirov, Albert 151.1; Wolfilser 9.1, 156.1.

stock.adobe.com, Dublin: Animaflora PicsStock 156.5; contrastwerkstatt 130.1; drubig-photo 104.1; Fotoschlick 70.1; mitifoto 101.1; nsdpower 1.2; s-motive Titel.